김성곤의
중국한시기행

장강·황하 편

김성곤의 중국한시기행: 장강·황하 편 큰글자책 ①

1판 1쇄 인쇄 2021. 9. 3.
1판 1쇄 발행 2021. 9. 10.

지은이 김성곤

발행인 고세규
편집 이예림 디자인 조명이 마케팅 신일희 홍보 박은경
발행처 김영사
등록 1979년 5월 17일(제406-2003-036호)
주소 경기도 파주시 문발로 197(문발동) 우편번호 10881
전화 마케팅부 031)955-3100, 편집부 031)955-3200 | 팩스 031)955-3111

값은 뒤표지에 있습니다.
ISBN 978-89-349-0301-7 04800 | 978-89-349-9075-8(세트)

홈페이지 www.gimmyoung.com   블로그 blog.naver.com/gybook
인스타그램 instagram.com/gimmyoung   이메일 bestbook@gimmyoung.com

좋은 독자가 좋은 책을 만듭니다.
김영사는 독자 여러분의 의견에 항상 귀 기울이고 있습니다.

김성곤의 중국한시기행

장강·황하 편

큰글자책

"
①

김영사

일러두기

1. 지명과 인명은 한자를 우리말로 읽어주는 것을 원칙으로 했으며, 소제목에 딸린 주요 지명은 한자와 현지 중국식 발음을 병기했다. 중국 소수민족의 고유명사는 해당 언어의 발음에 가깝게 표기했다.
2. 한시, 고유명사 뒤에 병기한 한자는 되도록 한국식 한자를 사용했다.

머리말

2011년 8월 중순, 폭염이 기승을 부리던 여름날, 한 방송국 피디의 방문을 받았다. 당시 청주에 살고 있던 나는 고속버스터미널에서 그를 만나 점심으로 이열치열 매운 낙지비빔밥을 먹고 단골 찻집에 가서 이야기를 나누었다. 허 아무개라며 명함을 건네는 피디는 코가 우뚝하고 얼굴이 까무잡잡하여 이국적인 느낌이었는데, 고향도 가깝고 나이도 비슷하여 대화가 스스럼없이 즐거웠다. 그는 중국 여행 프로그램 제작에 나를 전문가로 부른 것인데, 중국 관련 전문가들이 숱하게 많을 텐데 굳이 나를 택한 것은 인터넷에 떠도는 내 영상을 본 까닭이라고 했다. 이전에 학생들을 인솔해서 중국 남방으로 문학기행을 다녀왔을 때의 영상인 듯했는데, 그 영상에서 내가 중국 한시를 노래하는 모습이 인상적이어서 한시를 여행에 접목해보자는 기본적인 구상이 생겼다고 했다.

　한시를 노래하듯 읊는 방식을 '음송吟誦'이라고 하는데, 음송은 한자가 갖고 있는 원래의 성조를 조금 더 과장하여 늘이거나 꾸밈을 주어서 노래와 가깝게 만든 것이다. 본래 예부터 중국에서 시문을 익히고 감상하는 방식으로 활용되었던 것인데, 근현대에 들어서 서구식 낭송에 밀려 잊혔다가 최근에 다시 수집되고 복원되어서 교육 현장에서 널리 활용되고 있다. 2009년, 중국 북경에서 개최된 국제음송학회에서 음송을 처음 접한 뒤로 나는 중국 한시를 가르치는 교육 현장에서 이 음송 방식으로 수업을 진행하며 한창 재미를 들이고 있던 터였다. 여행 중에 간간이 이 음송으로 한시를 들려주면 시청자들도 재미있어할 것이라는 피디의 말에 흔쾌히 중국 항주로 훌쩍 떠났다. 그해 추석을 일주일 정도 앞둔 때였다. 이후 3주 동안 절강성의 항주와 소흥, 안휘성의 황산과 마안산, 강소성의 남경과 소주 등지를 돌며 촬영했다. 항주 서호에서는 배를 타며 소동파의 시를 읊었고, 소흥 노신고리에서는 함형주점의 소흥주 잔술에 취하기도 했다. 황산의 달빛 아래 대금을 불기도 하고, 마안산의 이백 무덤에 술과 시를 바치기도 했다.

방송이 나가고 제법 괜찮은 시청자 반응을 확인한 뒤로 피디와 나는 의기양양 신명이 올라 술잔을 거듭 부딪치며 의기투합하고, 중국 천하를 두루 답파할 때까지 여행을 멈추지 말자고 약속했다. 그렇게 시작된 중국 기행은 2011년부터 2019년 가을까지 9년 동안 계속되어 총 40여 편의 중국 여행 영상이 제작되기에 이르렀으니, 방송 쪽에서도 유례가 드문 일이거니와 나 개인에게도 작지 않은 성과라 자부할 만하다.

중국 기행 시리즈가 이어지자 몇몇 출판사로부터 여행기 집필 제의를 받기도 했으나 이런저런 이유로 결실을 맺지 못하다가 10회가 마무리되면서 전작《리더의 옥편》을 출간한 김영사로부터 출간 제안을 받았다. 총 10회의 여행 중에서 장강과 황하를 따라가며 촬영했던 여행을 1편으로 정리하고, 나머지 부분은 2편으로 모아서 출간하자는 제안이었다. 이 제안에 따라 집필을 시작하여《김성곤의 중국한시기행: 장강·황하 편》을 마무리했다. 이는 장강을 따라 여행하며 촬영한 2014년의 영상물과 황하를 따라 여행하며 촬영했던 2016년, 2018년, 2019년의 영상물을 기초로 쓴 것이다.

우리 여행팀은 장강과 황하를 기축으로 삼아 강의 남북으로 오르내리며 수려한 명승과 유서 깊은 고적을 두루 답파했다. 장강 여행은 사천성 북쪽에서 내려오는 민강岷江이 운남성을 흘러온 금사강金沙江과 만나 장강이라는 이름을 최초로 부여받은 사천성 의빈宜賓에서 시작하여 중경, 호북성, 호남성, 강서성, 안휘성, 강소성, 상해의 숭명도를 거쳐 바다로 들어가는 장강구長江口에 이르는 긴 구간의 여정이었다. 황하는 발원지가 속한 청해성에서 출발해서 감숙성, 영하회족자치구, 내몽고자치구, 섬서성과 산서성의 진섬대협곡, 하남성, 산동성을 거쳐 발해로 흘러드는 황하구까지 여행했다. 이 책에서는 기본적으로 방송된 기행 시리즈의 동선을 따라가면서 명승고적이나 문화풍습을 해설했으며, 한시를 인용할 경우에는 자세한 설명을 추가했다. 한시는 대체적으로 우리나라에 많이 알려진 이백, 두보, 도연명, 소동파의 작품을 위주로 골랐으며, 난해한 학술적 담론은 지양하여 가독성을 높였다. 여행길에서 흥에 겨워 지은 자작시들도 함께 덧붙였다.

　중국 기행 시리즈가 방송되면서 적지 않은 사람들이 중국 한시에 대한 관심을 알려와 공부 모임을 만들고 문학 답사하는 기회도 가지면서 한시의 세계가 빚어내는 고전적인 기쁨을 함께 나누고 있다. 이 책이 이러한 고답적인 한시 취향의 독자들을 즐거운 독서의 시간으로 이끌 수 있기를 바란다. 일반적으로 어렵고 고루하다고 여겨지는 한시를 여행에 접목하는 데는 적지 않은 용기가 필요했을 것인데, 이 일에 주저하지 않고 앞장서준 아요디아 제작팀에게 감사의 마음을 전한다. 이들로 인해 일반 대중에게 한시를 전할 좋은 기회를 얻게 되었으니, 한시의 현대적 수용에 대한 가능성을 조심스럽게나마 기대할 수 있게 되었다. 긴 세월 한결같은 열정으로 중국 기행 시리즈 제작팀을 이끈 허백규 피디에게 특별히 고마움을 전한다. 그는 길고 험한 여행길에서 좋은 동료를 넘어 훌륭한 벗이 되었으니 여행이 나에게 베푼 가장 값진 선물이다. 방송계를 퇴직한 후에 고향 마을로 돌아가 동네 슈퍼를 운영하면서 틈틈이《삼국사기》를 읽겠다는 그의 원대한(?) 꿈을 이룰 때까지 그가 만든 좋은 영상물을 많이 볼 수 있었으면 좋겠다. 이 책을 쓸 수 있도록 기획하고 독려하고 세심하게 다듬어준 김영사 관계자 여러 분께도 감사드린다. 아무쪼록 여러 사람이 힘을 모아 만든 이 책이 색다른 중국 여행을 꿈꾸는 독자들과 한시의 멋을 즐기는 애호가들에게 유익한 벗이 되기를 바란다.

2021년 3월
새봄을 꿈꾸는 수락산 자락에서
김성곤

CONTENTS

2부 황하

CONTENTS

1부

장강

오직 강 위에 불어가는 맑은 바람과

산 사이에 뜨는 밝은 달은

귀로 들으면 아름다운 음악이 되고

눈으로 보면 아름다운 그림이 된다네

惟江上之淸風 與山間之明月.

耳得之而爲聲, 目寓之而成色.

_소동파, 〈적벽부〉 중

어디선가 맑은 바람이 불어오고 망망한 바다 같
은 수면이 펼쳐지며 달을 부르는 노랫소리가 흥
겹게 들려온다. 그 옛날 시인들이 아름다운 자
연에 기대어 자신의 시를 완성했듯이 이제 늙
고 수척해진 자연이 시인들의 시를 빌려서 자신
의 옛 영화를 전한다. 이곳 적벽에 불어갔던 바
람, 넘쳤던 달빛, 그리고 그 청풍과 명월 사이에
서 유유자적 행복했던 사내를 품었던 적벽의 영
화로운 시절을 전해준다.

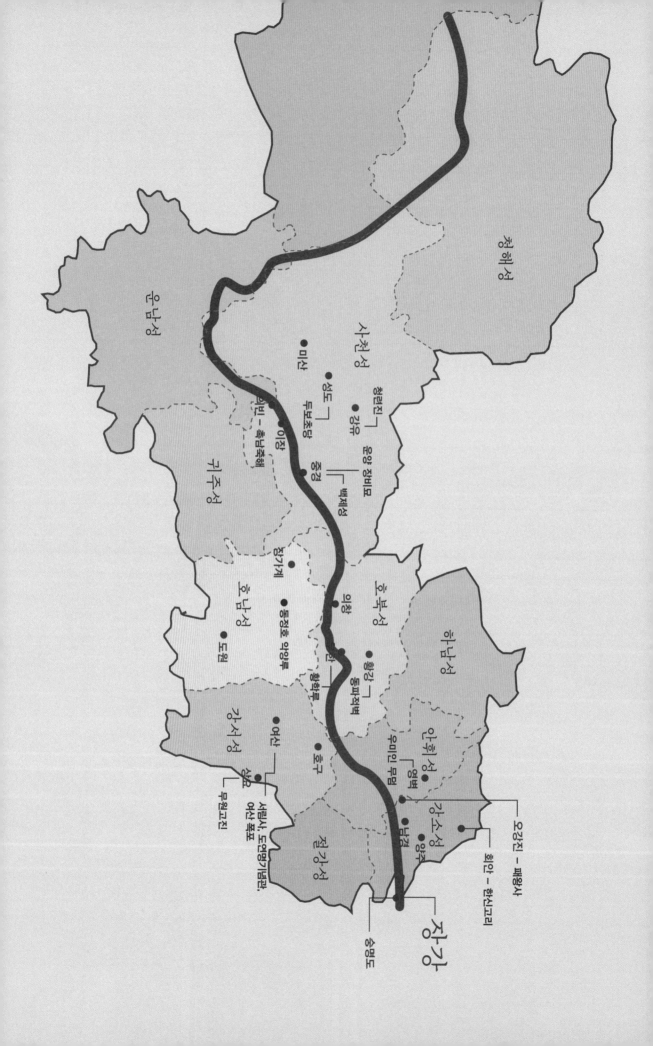

사천성 _{1장}

약 6,300킬로미터의 길이로 중국에서 가장 긴 강인 장강은 청장고원의 탕구라산에서 발원하여 티베트, 운남, 사천, 중경, 호북, 호남, 강서, 안휘, 강소, 상해를 거쳐 동중국해로 흘러간다. 바로 이 장강을 따라 여행을 하기로 했다. 청해성 장강의 발원지까지 가는 것은 쉽지 않은 일이어서 사천성의 민강岷江과 운남성의 금사강金沙江이 만나는 의빈宜賓에서 여행을 시작하기로 했다. 사천성 북쪽에서부터 남쪽으로 흘러온 민강의 탁한 물과 청해성과 운남성을 굽이굽이 돌아 흘러온 금사강의 맑은 물이 서로 만나 비로소 장강이라는 이름을 얻고, 동쪽으로 수천 리 길을 흘러가는 것이다.

본격적인 장강 여행에 앞서 한시기행 내내 자주 이름이 오르내리는 중국의 대시인 '이백李白', '두보杜甫', '소동파蘇東坡' 세 분의 연고지를 방문했다. 이백의 고향 강유江油, 소동파의 고향 미산眉山, 그리고 두보가 약 5년 가까이 머물러 살았던 성도成都 초당草堂, 이들 모두 사천성 경내에 있으니 사천성에서 출발하는 장강 여행에 앞서 이곳들을 한번 둘러보는 것도 의미 있는 일이지 않겠는가?

1. 끝내 돌아가지 못한 시선의 고향
− 강유(江油, 찌앙여우) 청련진(青蓮鎭, 칭롄쩐)

사천성 성도에서 북동쪽으로 150킬로미터 떨어진 강유시 청련진에 이백의 고향 집 농서원隴西院이 있다. 당나라 서쪽 변방 지역의 쇄엽성碎葉城(지금은 중앙아시아 키르기스스탄에 속해 있다)에서 태어난 이백은 5세 되던 해에 아버지 이객李客을 따라서 이곳으로 옮겨 왔다. 이객은 감숙성 농서 사람이어서 자신의 거처를 '농서원'이라 이름을 붙였고, 이백은 25세가 될 때까지 이 집에서 생활했다. 농서원은 25세에 고향을 떠나 천지를 주유하던 이백이 61세로 세상을 떠날 때까지 그토록 그리워했으면서도 한 번도 돌아오지 못한 집이다. 소년 이백의 동상이 굽어보고 있는 농서원의 뜰에 서서 그 유명한 〈정야사靜夜思〉를 읊조리자니, 아득한 시절의 시인의 마음이 더욱 절실해져 나그네 마음도 절로 서늘해진다.

　침상 머리 밝은 달빛
　땅에 서리 내렸나 했네
　고개 들어 밝은 달을 바라보고
　고개 숙여 고향을 생각하네
　牀前明月光, 疑是地上霜。

舉頭望明月, 低頭思故鄉。

간결하면서도 자연스러운 언어로 고향에 대한 그리움을 절절하게 표현한 이 짧은 시는 지금까지도 중국인들이 가장 즐겨 읊는 시다. 이 시가 나온 뒤로 천 년이 넘는 긴 세월 동안 타지를 떠도는 헤아릴 수 없이 많은 사람이 고향과 가족이 그리운 달밤이면 마치 주문처럼 이 시를 읊었고, 시를 타고 흐르는 맑은 눈물로 마음에 위로를 받았다. 이 시에서 절절하게 느껴지는 사향지심思鄉之心은 그럴 만한 이유가 있다.

이 시의 창작 배경은 이렇다. 25세 이백은 아버지의 큰 후원으로 만관萬貫의 거금(지금으로 보면 약 2억 원 정도)을 허리에 두르고 중원 지역으로 벼슬길을 찾아 나섰다. 하지만 아무런 성과도 없이 그 큰돈을 2년 만에 탕진하고 말았다. 돈이 떨어지자 벗들도 떠나갔고 이내 병이 찾아와 그는 양주의 허름한 여관에서 병든 몸을 뒤척이는 처량한 신세가 되었다. 어느 날 밤, 떨어지지 않는 신열로 가물가물 겨우 잠든 이백은 자신의 뜨거운 이마를 어루만지는 서늘하고 부드러운, 너무나 익숙한 손길을 느끼고는 잠에서 깨어났다. 눈을 떠보니 아무도 없고 그저 밝은 달빛이 온 방을 가득 비추고 있을 뿐이었다. 이백은 고향에 계신 어머니가 달빛을 타고 찾아온 것임을 직감한다. "아들아, 너는 내가 꿈에 태백성을 보고 낳은 별의 자식이 아니더냐. 어찌 이렇게 절망하여 누워 있느냐. 어서 일어나 너의 꿈을 향해 다시 걸어 나가거라!" 달빛에 이끌려 여관방을 나서 마당으로 나갔더니 달빛은 온 천지에 서리가 내린 듯 하얗게 부서지고 있었다. 고갤 들어 하염없이 달을 바라보던 이백의 고개가 떨구어지고 어머니에 대한 사무치는 그리움으로 한동안 흐느끼던 이백의 입술로 천고의 시구가 흘러나오고 있었다. "쥐터우왕밍위에~ 띠터우쓰꾸우샤앙舉頭望明月, 低頭思故鄉."

이백은 그토록 고향을 그리워하면서도 왜 끝내 한 번도 돌아가지 않았을까? 큰돈을 쥐여 주며 기대했을 부모님을 뵐 면목이 없어서였을까? 이것도 한 원인이었겠지만 더욱 결정적인 이유가 있다. 우리는 그 이유를 이백의 고향 집 뒤편에 자리한 한 무덤의 주인에게서 들을 수 있다. 바로 이백의 여동생 이월원李月圓이다. 이백에게 여동생이 있었던가? 이백의 전기에는 없지만 고향 청련진이 속한 창명현彰明縣의 《현지縣志》에서 그녀의 존재를 확인할 수 있다. 이월원은 고향을 떠나 돌아오지 않는 오빠를 대신하여 부모님을 모시고 고향 집을 지키며 평생 홀로 살았다고 한다. 그녀가 매일 화장하고 남은 물을 버렸더니 대나무가 하얀 분 색깔로 변했다고 해서 '분죽루粉竹樓'라는 이름으로 불리는 누각이 새롭게 복원되어 있다. 대나무가 빼곡하게 봉분을 덮고 있는 이월원의 무덤에 서서 오라버니 이백에 대해 물으니 그녀가 대답한다. "아마도 오라버니는 그 일 때문에 끝내 돌아오지 못했을 겁니다."

이백이 25세에 청운의 꿈을 가슴에 품고 고향을 떠날 때의 일이다. 이백보다 두 살 아래인 23세 이월원에게는 곧 결혼을 하기로 한 사람이 있었다. 그런데 이백은 그 약혼자를 꼬드겨 함께 중원 지역으로 여행을 떠나버렸다. 잠시 여행하고 돌아오면 될 것이라 가볍게 생각하고 출행한 것인데, 아뿔싸! 장차 매제가 될 이 약혼자가 그만 도중에 병이 들어 객사하고 만 것이다. 무슨 면목으로 고향에 돌아가 동생을 볼 것이랴. 이백은 고향이 그리울 적마다 고향 마당을 비추고 있는 높이 솟은 달을 그저 바라볼 뿐이었다.

2. 시성 두보의 호우시절
— 성도(成都, 청두) 두보초당(杜甫草堂, 뚜푸차오탕)

성도 남쪽 교외에 시성 두보의 초당이 있다. 안녹산의 난이 일어나 당나라가 혼란스럽던 시기에 전쟁을 피하여 가족들을 이끌고 여러 지역을 위태롭게 전전하던 두보는 이곳 성도로 와서 친구들의 도움을 얻어 초당을 짓고, 약 4년 동안 비교적 평화롭게 기거했다. 대부분 전쟁의 상흔으로 얼룩진 그의 침울한 작품들 속에서 드물게 보이는 한가롭고 평화로운 기식의 작품들은 대부분 이 시기 이곳에서 태어난 것들이다. 두보는 이곳에서 240여 수의 시를 썼다. 공원으로 조성된 초당 곳곳에는 이 시기 쓰인 유명한 작품들이 게시되어 사람들의 발길을 잡는다. 그중에서 가장 유명한 것은 봄밤에 내리는 반가운 비를 노래한 〈춘야희우春夜喜雨〉다. 첫 구절 '좋은 비는 시절을 안다'는 뜻의 '호우지시절好雨知時節'에서 따서 만든 〈호우시절好雨時節〉이라는 영화 제목 때문에 우리나라 대중들에게도 제법 많이 알려진 시이다.

좋은 비 시절을 아나니
봄이 되어 만물이 싹이 틀 때라
바람 타고 몰래 밤에 들어와
만물을 적시되 가늘어 소리조차 없구나
들길은 구름이 어둑하고
강가 고깃배 불만이 밝다
새벽녘 붉게 젖은 땅을 바라보면
금관성 곳곳에 꽃이 무겁겠지

◈ 성도 두보초당

好雨知時節, 當春乃發生。
隨風潛入夜, 潤物細無聲。
野徑雲俱黑, 江船火獨明。
曉看紅濕處, 花重錦官城。

시절을 아는 비처럼 우리도 나서고 물러설 때를 알 수 있다면 얼마나 좋을까? 만물을 적셔 길러내는 큰 덕을 베풀되 가늘어 소리조차 없는 봄비처럼 겸손하게 조용히 베푸는 삶을 살 수는 없을까? 아름다

운 붉은 꽃 세상은 바로 이러한 봄비 같은 사람들로 인해 피어나는 것
이려니! 봄비 오는 초당 연못 정자에 기대어 봄비의 무한한 덕성을 노
래한 이 시를 읽으면 가문 마음에도 소리 없이 봄비가 내리는 듯하다.

3. 그 아버지에 그 아들, 소동파의 고향
— 미산(眉山, 메이산)

성도에서 65킬로미터 떨어진 남쪽에 소동파의 고향 미산이 있다. 도
교와 불교의 성산으로 유명한 아미산峨眉山에서 그리 멀지 않은 곳이
다. 미산에 들어서면 거대한 동상 셋이 나그네를 맞는다. 바로 소동파
와 그의 부친 소순蘇洵, 그의 동생 소철蘇轍, 이른바 삼소三蘇의 동상이
다. 삼소는 중국문학사에서 빛나는 이름이다. 당나라와 송나라를 통
틀어 가장 글을 잘 쓴 여덟 사람을 일컫는 '당송팔대가'에 이 삼부자
가 들어 있으니 이 얼마나 대단한 집안인가! 이 삼부자가 살던 옛집
은 지금은 그들에 제사하는 삼소사三蘇祠라는 사당이 되어 여행자들을
맞이하고 있다. 사당에는 출중한 두 아들을 양옆에 둔 아버지 소순의
행복한 모습이 보이는데, 사당 앞에는 그 아버지에 그 아들이란 뜻의
'시부시자是父是子'가 큼지막하게 쓰인 현판이 걸려 있어 사람들의 고
개를 끄덕이게 만든다. 이 고향 집에서 소동파는 동생 소철과 잘 자라
고 열심히 공부해서 아주 젊은 나이에 그 어렵다는 진사시에 동생과
동시에 합격했다. 동파는 21세, 소철은 두 살 어린 19세였다. 당시 황
제였던 인종은 흥분을 감추지 못하고 황후를 붙들고 송나라의 장래를
이끌 재상감을 둘이나 얻었다며 크게 기뻐했다고 한다. 형제가 과거

◆ 삼소사

에 동시 합격한 이 믿기 어려운 일은 그의 고향 집 오래된 연못 서련 지瑞蓮池에 전설이 되어 남아 있다.

소동파 형제는 과거를 보기 위해 수도인 개봉開封으로 가고 부모는 합격 소식이 오기만을 초조하게 기다리고 있던 어느 날, 아버지 소순은 집 안을 서성이다가 연못가에 이르렀다. 여름이 한창인 연못에는 백련과 홍련이 화사하게 꽃을 피우고 있었다. 꽃을 감상하던 소순의 시선이 문득 연못 한곳에 머무르는가 싶더니 얼굴에 환한 웃음꽃이 번지기 시작했다. 소순은 잰걸음으로 안채로 돌아가 부인 정씨를 큰 소리로 불렀다. "부인, 기뻐하시오. 우리 두 아들 다 합격이오!" 정씨가 믿기 어렵다는 듯 의아해하며 물었다. "벌써 소식이 온 건가요?" "아니오. 소식이 온 것은 아니지만 두 녀석 다 합격할 것이란 확실한 징표를 내가 보았소!" 소순은 부인 정씨의 손목을 이끌어 연못 가까이 가더니 한 곳을 가리키며 말했다. "저기에 두 아들이 합격할 것이라는 징표가 있소이다. 하하하!" 소순이 가리킨 곳에는 한줄기 꽃대에 두 송이 꽃을 피운 기이하고 상서로운 연꽃이 염염冉冉히 피어 있었다. 형제의 합격 소식이 전해진 뒤 이 연못은 지금까지도 상서로운 연꽃이 피었다는 뜻의 '서련지'로 불린다. 연못가에 세워진 정자의 이름은 '서련정'인데, 여름날 이곳에 앉아 미풍에 불어오는 서련지의 연꽃 향기를 맡으면 순간 천년의 시간을 훌쩍 뛰어넘는다. 어린 동파 형제의 깔깔거리는 웃음소리가 연못 너머에서 들려오는 듯하다.

4. 만리장강의 첫 포구 마을
― 이장고진(李庄古鎭, 리쫭구쩐)

이백의 고향 강유, 성도 남쪽 두보의 초당, 아미산 자락의 소동파의 고향 미산까지 두루 답파하고 이제는 본격적으로 장강을 따라 여행을 시작한다. 우리가 처음 들른 곳은 만리장강萬里長江 제일고촌第一古村으로 불리는 이장고진이다(고진은 중국의 오래된 마을을 뜻한다). 사천성 의빈에서 동쪽으로 20킬로미터 떨어진 장강 남쪽에 자리한 이장은 명·청시대의 옛 건축물로 구성된 고풍스럽고 아름다운 거리를 그대로 간직하고 있다. 홍등과 붉은 주련이 곳곳에 걸려 있기 때문에 이국적인 풍경이 선명한 골목을 걸으면서 글씨를 감상하는 것도 여행의 별미다. 또한 '복福'자를 대문마다 붙여놓았는데 글씨가 거꾸로 뒤집혀 있다. 무슨 의미일까? 복이 뒤집어져 있으니 복이 하늘에서 쏟아진다는

◆ 이장고진

의미일까? 거꾸로 뒤집힌 복자를 중국어로는 '푸따올러福倒了'라고 하는데, 이때 '뒤집어질 도倒'자는 '도달할 도到'자와 발음이 같아서 '푸따올러福到了', 즉 '복이 도달했다'라는 의미로 읽힌다.

이렇게 글자가 달라도 발음이 같거나 유사하면 뜻을 공유하는 문화 양식을 '해음諧音'이라고 하는데, 문자의 나라 중국에서는 이런 해음 문화가 유별나게 발달해서 각종 건축 양식, 장식 문양에 다양한 재미를 더해주고 있다. 예컨대 집 거실에 들어서면 거대한 도자기 꽃병이 양옆으로 하나씩 세워진 것을 볼 수 있는데, 이러한 장식은 단순히 시각적인 아름다움에 그치지 않는다. 꽃병을 뜻하는 '병瓶'의 발음이 평화롭다는 뜻의 '평平'과 발음이 같다는 것에서 착안한 '평평안안平平安安'의 기원, 즉 집안이 늘 평화롭고 안락하기를 기원하는 주인의 마음을 담고 있는 것이다. 이런 식으로 해음을 활용한 장식 문양을 하나

씩 살피며 거리를 걷다 보면 별거 없어 보이는 단조로운 옛 거리도 제법 재미가 쏠쏠하다. 박쥐는 '박쥐 복蝠'이라는 발음 때문에 '복 복福' 자와 통하여 창틀과 난간에 장식되어 있고, '물고기 어魚'는 발음이 여유롭다는 뜻의 '남을 여餘'와 통해서 연꽃과 함께 그림에 단골로 등장한다. 연잎 사이에서 노니는 물고기들을 뜻하는 '연연유어蓮蓮有魚'는 해마다 여유로운 생활이 이어지길 바라는 '연년유여年年有餘'의 기원이 되는 것이다.

허름한 찻집에서 차를 마시며 한담을 즐기는 느긋한 지역 주민들과 짧은 인사도 나누고, 독한 담배 연기 속에서 펼쳐지는 왁자지껄한 마작판 구경도 하고, 거대한 술독들이 진열된 지역 특산 술집에 들러 독한 술맛도 보며 어슬렁거리다가 마침내 한 곳에 도착했다. 바로 최고의 칼잡이란 뜻의 '제일도第一刀'라는 글씨를 달고 있는 돼지고기 수육집이다. 이장에서 꼭 맛봐야 할 음식인 쏸니바이러우蒜泥白肉를 먹을 수 있는 곳이다. 얇게 썬 돼지 수육을 마늘, 고추 등으로 만든 양념장에 찍어 먹는 이 요리는 리쫭바이러우李庄白肉라는 별도의 이름이 붙어 있을 정도로 이장을 대표하는 음식이다. 재료로 돼지 엉덩이와 뒷다리 사이의 고기만을 써서 비계와 살코기의 비율이 아주 적당하다. 이 고기를 알맞게 삶은 후에 최고의 칼잡이가 길이 20~30센티미터, 너비 15~20센티미터의 크기로 잘라내는데, 이때 가장 중요한 것이 두께다. 얇은 종이처럼 1~2밀리미터의 두께로 썰어야 하니 최고의 칼잡이 '제일도'가 필요한 것이다. 썰어놓은 수육을 들어보면 거의 투명해서 반대편 사물의 그림자가 어른거릴 정도다. 마늘과 붉은 생고추를 빻아 간장, 설탕, 참기름, 식초 등과 함께 섞어 만든 양념장에 이 수육을 찍어 먹는데, 먹는 방식도 특이하다. 수육을 젓가락 사이에 끼운 다음 공중으로 들어 올려 몇 차례 빙빙 돌려 휘감은 다음 양념장에 찍어 먹는다. 수육이 얇고 길어서 가능한 식사법이다. 비계와 살코기의 비율이 적당해서 느끼한 맛이 전혀 없이 고소한 데다가 마늘과 고추의 향이 신선한 맛을 더해줘서 최고의 수육 요리로 손색이 없다. 게다가 빙글빙글 돌려서 먹는 재미까지 더해지니 얼굴도 싱글벙글해지기 마련이다. 수육을 빙빙 돌려 먹으면서 혼자 히죽거리고 있는데 옆 테이블의 중국인 가족들은 뭐 그렇게 야단 떨 것 있느냐는 듯 그냥 수육을 집어 양념장에 비벼 먹고 있었다. 이런 재미없는 사람들 같으니라고. 하긴 회식 자리에서 여럿이 공중에서 수육을 돌리고 있으면 정신사나울 것 같기는 하다.

5. 대숲에 이는 시인의 휘파람
　－ 의빈(宜賓, 이빈) 촉남죽해(蜀南竹海, 수난주하이)

장강의 도시 의빈은 강만 있는 게 아니다. 드넓은 바다도 있다. 바로 대나무 숲이 바다처럼 망망하게 펼쳐지는 '촉남죽해'가 그것이다. 사천성 남쪽 지역에 있는 대나무 바다라는 뜻이다. 120제곱킬로미터에 달하는 광대한 지역이 온통 대나무다. 전망대에 올라 바라보면 푸른 대숲으로 덮인 크고 작고 높고 낮은 산봉우리들이 끝도 없이 이어지는데, 긴 바람을 따라 출렁이는 대숲은 영락없이 푸른 물결이 넘실대는 망망한 바다다. 송나라 시인 황정견黃庭堅이 이곳에 들러 감탄하며 말했다고 하는 '죽파만리竹波萬里(대숲의 파도가 만 리에 이어진다)'가 실감이 나니 호연한 기상이 절로 가슴에 스민다. 대나무를 특히 좋아했던 시인은 소동파다. 그는 "푸른 대나무가 자라는 집"이란 뜻의 〈녹균헌綠筠軒〉이란 시에서 이렇게 말했다.

고기 없는 밥은 먹을 수 있지만
대나무 없는 곳에선 살 수가 없다네
고기가 없으면 사람이 마를 수 있다지만
대나무 없으면 사람이 속되기 마련이지
마른 몸이야 다시 살찌울 수 있다지만
선비가 속되어지면 다시는 고칠 수 없다네
寧可食無肉, 不可居無竹。
無肉令人瘦, 無竹令人俗。
人瘦尙可肥, 士俗不可醫。

대숲에 불어오는 맑은 바람 앞에 오래 서 있어서일까? 속기 가득했던 정신도 좀 비어지고 맑아지는 듯하다. 이렇게 계속 비어지고 맑아지면 몸도 가벼워져서 대나무 꼭대기로 걸어올라 낭창거리는 대나무를 따라 춤도 출 수 있을까? 마치 영화 〈와호장룡〉의 대숲 결투 장면처럼 말이다. 마침 이곳은 〈와호장룡〉을 비롯한 수많은 영화의 촬영지이기도 하니 그런 상상도 자연스럽지 않은가. 전망대를 내려와서 대나무들로 빼곡한 숲길을 걷다 보면 곧고 매끈하게 자란 굵은 대나무 하나하나가 멋진 군자의 수려한 모습으로 보인다. 옛날 서성書聖 왕희지王羲之의 아들이자 서예가로 이름난 왕휘지王徽之가 대나무를 '이분'이란 뜻인 '차군此君'이라 부르며 "어찌 하루라도 이분을 보지 않을 수 있으랴!"라고 고백했다는데, 나 역시 그렇게 친근하게 굴고 싶어도

'이분'께서 속된 서생이라 비웃을까 겁이 난다. 대숲에 깊숙이 들어와 앉으니 고요하기가 물속 같다. 바람에 스치는 대나무 잎사귀의 가벼운 속삭임만 간간이 들려오니 마음에 평화가 그윽하게 번진다. 당나라 시인 왕유王維의 〈죽리관竹裏館〉이 절로 입에서 흘러나온다.

　　홀로 깊은 대숲에 앉아
　　거문고를 타다가 긴 휘파람을 분다
　　남들은 모르는 깊은 대숲에
　　밝은 달 찾아와 나를 비춘다
　　獨坐幽篁裏, 彈琴復長嘯。
　　深林人不知, 明月來相照。

　　대숲에 앉아 거문고 타고 휘파람 부는 시인의 모습이 얼마나 그윽하고 아름다운가. 거기에 밝은 달까지 찾아오는 밤이라면 또 얼마나 황홀할 것인가. 이 시는 운치 있는 대나무 숲의 정경을 그리는 것으로 그치지 않는다. 거문고를 타는 행위는 진실한 친구를 뜻하는 지음知音을 부르는 상징으로 해석할 수 있다. 거문고의 명인 백아伯牙와 귀명창 종자기鍾子期의 탄금 고사에서 비롯된 상징이다. 그러므로 거문고 소리를 듣고 숲을 찾아온 밝은 달은 바로 진실한 친구가 된다. 대나무를 닮은 듯 속기 없이 맑아진 시인에게 밝은 달을 닮은 듯 광명무구光明無垢한 벗이 환한 얼굴로 찾아온 것이다.

　　촉남죽해는 죽림 외에도 맑은 호수, 장쾌한 폭포, 오래된 사원이 있어서 여행의 재미를 더해준다. 특히 신선들의 거처라는 뜻의 선우동仙寓硐이 높은 산봉우리 절벽에 자리하고 있는데, 선우동은 대나무 바다의 밝은 구슬이란 뜻의 '죽해명주竹海明珠'로 불리는 핵심 풍경구이다. 붉은 색깔의 절벽 위아래는 온통 대나무의 푸른색이어서 더욱 신비로운 느낌이 든다. 신선들만이 학을 타고 훨훨 왕래했던 그 하늘길을 케이블카로 씽씽 달려 쉬이 도착할 수 있으니 얼마나 좋은가. 절벽을 따라 조성된 도교와 불교의 건축물과 조각상 등을 감상하면서 선계의 청량한 맛을 즐기다가 문득 눈을 들어 까마득한 아래쪽을 내려다보면 논다랑이가 등고선처럼 층층 펼쳐지는 인간의 속계가 엷은 구름 속에서 가히 몽환적이다. 선계에 서니 비로소 떠나온 속계가 아름답다. 참 재미있지 않은가!

2장 장강삼협

장강삼협은 중경시 봉절현奉節縣의 백제성白帝城에서 시작하여 호북성 의창시宜昌市 남진관南津關에 이르는 총 193킬로미터 길이의 긴 협곡으로, 상류로부터 구당협瞿塘峽, 무협巫峽, 서릉협西陵峽의 세 협곡을 통칭하는 말이다. 이 협곡 구간에는 높은 봉우리들이 좁은 강물을 사이에 두고 하늘 높이 치솟아 장관을 이루는데, 이 빼어난 장관에 역사와 문학, 신화와 전설이 굽이굽이 서려 있어서 이곳 장강삼협은 중국 여행의 백미라 할 만하다. 촉한의 군주 유비가 오나라 손권과의 싸움에서 패해 마지막 숨을 거둔 봉절 백제성과 부하에게 죽임을 당한 장비의 목이 몸과 분리된 채 묻혀 있는 운양雲陽 장비묘張飛廟는 삼국지의 역사 현장이고, 아침에는 구름, 저녁에는 비로 찾아오는 아름다운 신녀의 애정고사를 품고 있는 무산 신녀봉은 신화와 전설의 무대다. 중국 최고의 시인 이백과 두보가 백제성에서 각각 최고의 환희와 슬픔으로 빚은 절창을 남겼고, 중국 남방 문학의 비조라 일컫는 애국시인 굴

◈ 장강삼협댐

원屈原과 중국 사대 미녀 중 한 사람인 왕소군王昭君의 고향이 바로 의
창 삼협댐에서 멀지 않은 자귀현秭歸縣이다.

　장강에 삼협댐이 건설된 후로 수위가 크게 올라서 대형 크루즈선
이 삼협 구간을 오가면서 여행객들을 실어나르고 있다. 배는 보통 중
경에서 출발하는데, 여행객들은 배 안에서 숙식을 하면서 배가 멈추
는 곳마다 내려 관광지를 둘러본다. 보통은 3박 4일의 여정으로 삼협
댐이 있는 의창까지 가는 코스인데, 풍도豊都의 귀성鬼城, 충현忠縣의 석
보채石寶寨, 봉절의 백제성은 배에서 내려 둘러보고, 삼협의 시작인 구
당협의 기문夔門부터 무협에 이를 때까지는 선상에서 머물며 협곡의
수려한 경치를 감상한다. 무협이 시작되는 무산시巫山市에 이르면 작은
배로 갈아타 소삼협小三峽, 소소삼협小小三峽을 구경하고, 다시 배로 돌

아와 무협 구간의 신녀봉을 비롯한 무산의 열두 봉우리를 감상한다. 삼협댐이 있는 의창에 도착해서는 배에서 내려 고속열차를 타고 중경으로 돌아가는데, 시간에 여유가 있으면 의창에 있는 굴원의 고향과 왕소군의 고향을 찾아갈 수도 있고, 더 여유가 있으면 거기서 현대판 무릉도원으로 알려진 장가계張家界로 가기도 한다. 물론 버스로 4시간 반 이상을 달려가야 하니 가까운 거리는 아니다.

1. 슬픔의 성, 환희의 성
- 중경(重慶, 충칭) 백제성(白帝城, 바이띠청)

중경시 봉절현 구당협 기문 앞쪽 자그마한 섬 위에 유서 깊은 백제성이 있다. 삼협댐 공사로 수위가 올라 원래 육지였던 곳이 섬이 되어 지금은 연륙교가 설치되어 있다. 섬에 들어서면 거대한 제갈량의 동상이 여행객들을 맞이하면서 이곳이 삼국지의 역사 현장임을 알린다.

제갈량의 반대를 무릅쓰고 출정을 감행했다가 오나라 장수 육손에게 패하여 이곳 백제성에서 최후를 맞이한 유비는 급히 사람을 보내 성도에 머물고 있는 제갈량을 부른다. 그리고 자신의 뒤를 이어 촉한을 이끌어갈 아들 유선劉禪을 잘 돌봐줄 것을 부탁하고 마침내 숨을 거둔다. 고아가 된 아이를 부탁한다는 뜻의 '탁고당托孤堂'에는 당시 임종에 참여했던 촉한 군신들의 인물상이 생생한 모습으로 재현되어 있다.

이 탁고당에 서 있는 한 신하의 이름이 눈길을 끈다. 바로 마속馬謖이다. 제갈량이 울면서 처형했다는 읍참마속泣斬馬謖의 그 마속이다. 전해지는 바에 따르면, 유비는 임종 시에 제갈량에게 후사를 부탁하

◆ 탁고당

면서 특별한 주문 하나를 더하였다고 한다. 유비는 먼발치에 서 있는 마속 쪽을 바라보면서 이렇게 말했다. "마속은 말을 실제보다 과하게 하니 중임을 맡겨서는 아니되오." 제갈량은 유비 사후에 진력을 다해 후주 유선을 보필하여 유비에 대한 충심을 다하였지만, 마속을 중용 하지 말라고 부탁한 유비의 마지막 유언에 대해서는 개의치 않고 여전히 마속을 신임하였다. 그는 위나라와의 전쟁을 위해 군대를 이끌고 출정하면서 주요한 요충지 가정街亭을 마속에게 맡긴다. 결국 마속의 경솔한 판단으로 가정을 위나라에게 빼앗기면서 제갈량의 북벌은 실패하게 된다. 급히 퇴각하여 돌아온 제갈량은 눈물을 머금고 마속을 처형하니 이것이 이른바 읍참마속의 시말이다. 그리고 제갈량이 뼈아프게 후회하고 반성한 것이 "말을 실제보다 과하게 하니 중용해서 안 된다"라는 유비의 마지막 당부를 소홀히 한 것이었다. 이 이야기에서 비롯된 사자성어가 바로 '언과기실言過其實'이다. 늘 말이 실제보다 과장되기 쉬운 우리의 언어 습관을 돌아보게 하는 이야기다. 백제성은 삼국지 영웅 유비의 죽음의 그늘이 드리워져 있는 슬픔의 성, 상성傷城이지만 슬픔에 앞서 다가오는 것은 언과기실의 언어 습관에 대한 반성을 촉구하는 준엄한 목소리다.

　백제성은 역대로 수많은 시인 묵객들이 들러 역사와 풍광을 소재로 훌륭한 시들을 써낸 곳이었으므로 시의 성, 시성詩城으로도 불린다. 백제성 곳곳에 시를 새긴 비문들이 서 있는데 이 중에서 가장 유명한 것은 이 성을 처음 세운 한나라 공손술公孫述의 사당 백제묘白帝廟 정문 앞에 세워진 모택동毛澤東(마오쩌둥)의 친필 시비이다. 모택동의 초서는 워낙 개성이 강해서 한눈에 알아볼 수 있는데 필체가 얼마나 활달한지 금방이라도 비문 밖으로 날아갈 기세다. 그가 쓴 작품은 바로 이백이 지은 〈조발백제성早發白帝城〉이라는 칠언절구다.

　　아침 일찍 오색구름 속에서 백제성을 이별하고
　　천 리 강릉길을 하루 만에 돌아간다네
　　강 양쪽 기슭에선 원숭이 울음소리 끝없이 울리는데
　　내가 탄 가벼운 배는 벌써 첩첩산중을 벗어났구나
　　　朝辭白帝彩雲間, 千里江陵一日還。
　　　兩岸猿聲啼不住, 輕舟已過萬重山。

　당나라 현종 천보天寶 말년, 안녹산의 난이 발발하자 여산에 은거했던 이백은 위험한 정치권력 투쟁에 뛰어들게 된다. 안녹산 반군에 의해 함락된 장안을 떠나 촉 지방으로 피신한 현종은 태자인 이형李亨에게 군대를 정돈하여 북쪽으로부터 반군을 공격하고, 또 다른 아들 영왕永王 이린李璘으로 하여금 남쪽에서 군대를 이끌고 반군을 협공하도록 지시하였다. 그러나 태자 이형이 스스로 황제에 즉위하여 권력을 차지하고는 영왕 이린의 군대 지휘권을 박탈했다. 이린이 황제의 명을 거부하면서 마침내 형제 사이에 권력 투쟁이 시작되었다. 결국 이린이 패하여 죽임을 당했으며, 당시 이린의 막부에서 참모로 활약하던 이백 역시 내란부역죄로 체포되어 심양의 감옥에 갇히게 되었다. 주변의 도움으로 간신히 사형은 면했지만 멀고먼 귀주 야랑으로 유배길에 오르게 되었다. 이미 60줄에 가까운 이백에겐 다시 돌아오기 힘든 저승길과도 같은 길이었을 것이다. 겨울 석 달 동안 힘겹게 삼협 강물을 거슬러 올라와 한숨 돌린 곳이 바로 백제성인데, 놀랍게도 이백은 백제성에서 황제로부터 사면령이 떨어졌다는 기쁜 소식을 듣게 되었다. 당시 관중 지역에 심한 기근이 들었으므로 황제가 관례에 따라 죄인들에게 감형 조치를 내렸던 것이다. 사형을 당할 죄인은 유배형으로, 유배형 이하는 모두 방면하는 대대적인 감형 조치였다. 죽음의 문턱에서 다시 살아난 이백은 집으로 돌아가는 길에 벅찬 희열과 감동으로 이 〈조발백제성〉을 썼다.

시는 온통 환희로 가득 차 있다. 첫 구의 백제성 아침 하늘에 빛나는 오색구름은 이백의 기쁜 마음을 시각적으로 드러낸 것이고, 2구의 천 리 길을 하루 만에 돌아가는 대단한 속도감은 날아갈 듯 기쁜 이백의 마음을 형상화한 것이다. 특이한 것은 3구에 등장한 협곡 양쪽에서 들리는 원숭이들의 울음소리다. 본래 삼협에는 원숭이들이 많이 서식해서 이곳을 오가는 사람들은 원숭이의 처연한 울음소리를 자주 듣게 되는데, 특히 가을바람을 타고 들리는 원숭이들의 울음소리는 얼마나 처연한지 듣는 이로 하여금 절로 눈물을 떨구게 만든다고 했다. 그래서 삼협 지역에서 불리던 노래에 "파동 삼협에 울리는 슬픈 원숭이 울음소리, 밤 울음 세 마디에 눈물이 옷깃을 적시네巴東三峽猿鳴悲, 夜鳴三聲淚霑衣"라고 했던 것이다. 이곳을 오가는 사람들이야 대부분 멀리 귀양 가는 유배객이거나 고향을 멀리 떠나 타지를 떠도는 장사꾼이었을 테니 가을바람에 불려 오는 원숭이 울음소리가 눈물샘을 자극하는 것이야 당연하지 않겠는가. 그런데 이백의 이 시에 등장하는 원숭이 울음소리에는 그런 슬픈 기색이 전혀 없다. 그것은 오히려 절망적인 유형에서 벗어나 그리운 집으로 돌아가는 이백을 축하하는 팡파르로 들린다. 이 팡파르가 삼협을 벗어나는 동안 끊임없이 울려대며 이백의 귀환을 축하했으니 그의 귀로가 얼마나 행복했겠는가. 마지막 구의 가벼운 배는 내란부역의 유형자라는 무거운 죄목을 벗어버린 이백의 가벼워진 어깨를 가리키며, 그 배가 첩첩산중의 험로를 벗어나 넓은 강으로 나가게 되었다는 것은 새롭게 펼쳐질 미래에 대한 낙관을 담고 있다. 이렇게 이백은 환희의 찬가를 부르며 자유의 날개를 달고 백제성을 떠났다.

이 시에 대한 역대 평가가 후한데, 명대 양신楊愼은《승암시화升庵詩話》에서 이 시가 "바람과 비를 놀래고 귀신을 울게 만든다驚風雨而泣鬼神"라고 할 정도였다. 많은 사람이 이 시를 즐겨 인용하고 낭송하는 것은 시 행간에서 용출하는, 천년의 긴 세월 속에서도 시들지 않고 생생하게 다가오는 시인의 환희와 감격 때문일 것이다. 유형의 땅으로 가는 것처럼 절망하고, 삼협의 거센 물결을 거슬러 올라가듯 고단한 사람들은 이백처럼 자신에게도 도달할 백제성을 꿈꾸며 이 노래를 불렀을 것이다.

◈ 10위안 지폐

〈조발백제성〉을 흥얼거리면서 계단을 내려오면 삼협의 시작을 알리는 구당협의 대문 기문이 한눈에 들어온다. 중국 돈 인민폐의 10위안에 실린 문양이 바로 이 기문의 풍경이어서 관광객들마다 사진을 찍느라 여념이 없다. 그곳에서 조금 더 내려온 곳에 거친 돌로 깎아 만든 마른 형상의 동상이 있다. 바로 이백이 백제성을 떠난 지 8년 후에 이곳으로 온 시성 두보의 동상이다. 전란으로 사방을 떠돌던 두보가 늙고 병든 몸을 이끌고 고향으로 돌아가다가 병이 깊어져 약 2년간 머물러 산 곳이 바로 이 백제성이 있는 기주였다. 두보는 이곳에서 수많은 절창을 써냈다. 그중 〈등고登高〉는 두보의 시 1,400여 편 중에서 압권지작이라 할 정도로 최고의 작품이다.

바람 세고 하늘 높아 원숭이 울음소리 애절하고
맑은 강가 흰 모래밭에 새 날아 돌고 있다
끝없이 낙엽은 쓸쓸히 내리고
다함없는 장강은 굽이쳐 흐른다
만리타향 늘 객이 되어 가을을 슬퍼하고
평생 병이 많아 홀로 누대에 오른다

간난에 시달려 희어진 머리 많아 슬퍼하는데

노쇠한 요즈음 탁주마저 그만두었어라

風急天高猿嘯哀,　渚淸沙白鳥飛迴。

無邊落木蕭蕭下,　不盡長江滾滾來。

萬里悲秋常作客,　百年多病獨登臺。

艱難苦恨繁霜鬢,　潦倒新停濁酒杯。

'등고'는 평생 타향에서 떠돌던 두보가 끝내 고향에 돌아가지 못하고 머문 땅, 기주 백제성에서 지은 사향思鄉의 노래다. 처자식을 이끌고 타향을 전전한 것이 벌써 몇몇 해던가. 꿈에도 그리던 고향 집은 여전히 하늘 끝에 있고 전란 속에 헤어진 동생들은 생사조차 알 수 없어 가슴에 한이 맺히는데, 계절은 속절없이 깊어가 드디어 음력 9월 9일 중양절을 맞이했다. 예로부터 중양절은 온 가족이 함께 가을 산에 올라 산수유 붉은 열매를 머리에 꽂아 액운을 쫓고 국화주 술잔을 기울이며 무병장수를 기원하는 소풍날이었다. 전란이 일어나 동생들과 헤어진 후로 해마다 중양절은 그에게 더욱 외롭고 쓸쓸한 날이 되었다.

올해도 어김없이 찾아온 중양절, 내년이면 동생들과 함께 높은 산에 올라 국화주를 기울이리라 기대하고 기대했지만, 전란은 끝이 없고 고향 가는 길은 여전히 막혀 있다. 그래서 작년과 재작년처럼 시인은 홀로 높은 산에 올라 한 맺힌 사향의 노래를 부른다. 바람은 급히 불고 하늘은 높아 원숭이 울음소리 더욱 슬프다. 구당협, 무협, 서릉협으로 이어지는 장강삼협이 시작되는 백제성에 가을바람이 급히 불어온다. 그 바람에 원숭이 울음소리가 슬피 실려 온다. 시인의 슬픈 눈에 강가를 맴돌고 있는 새 한 마리가 들어온다. 숲에 내려앉지 못하고 강가를 맴돌고 있는 새의 모습에서 고향을 떠난 뒤로 어디를 가도 끝내 정착하지 못하고 이리저리 방랑하는 자신의 모습을 본다. 높은 곳에 앉아 계곡에 울리는 원숭이 울음소리에 귀를 기울이고 강가를 맴도는 새를 바라보던 시인이 눈을 들어 멀리 삼협의 온산과 그 한복판을 흐르는 장강을 바라본다. 시인의 시선이 근경에서 원경으로 바뀌었다. 계절이 깊어진 협곡의 산들마다 끝도 없이 낙엽이 진다. 그리고 그 한복판을 유장한 장강이 힘차게 흘러간다. 쓸쓸히 지는 낙엽은 저무는 시인의 노경老境을 비유적으로 표현한 것이고, 지체 없이 흘러가는 강물은 아무것도 이루지 못한 채 늙어가는 시인에 아랑곳하지 않고 무정하게 흘러가는 시간이자 세월이다. 거친 강물 같은 이 무정한 세월이 자신을 고향에서 만 리 멀리 떨어진 이곳까지 휩쓸어온 것이다. 그 격랑의 세월 속에서 남은 것은 오직 병든 몸뚱이로 중양절에 홀로 높은 곳에 오르는 '독등대獨登臺'의 지독한 고독뿐이다. 전란으로 인한 방랑과 그 방랑의 삶에서 기인한 절절한 가난에 머리카락은 진즉 서리라도 내린 듯 하얘졌다. 이 서릿발 같은 백발은 시인 혼자의 힘으로는 어찌해볼 도리가 없는 시대가 안긴 불운의 상징이요, 고통의 표상이다. 그래서 '고한苦恨'의 '한'이 될 수밖에 없다. 아, 한잔 술에 기대면 이 한스러운 마음에서 벗어날 수 있을까! 하지만 그것조차 몸이 병들어 불가하다. 기구한 삶이 주는 절절한 고독과 고통스러운 회한을 아무 대책도 없이 온몸으로 마주할 수밖에 없게 되었다. 고독은 더욱 깊어지고 고통은 더욱 커간다.

이 시를 읽다 보면 시어 사이사이 깊게 스며 있는 늙은 시인의 고독과 그리움에 절로 깊은 동정이 인다. 때를 만나지 못해 불우한 삶을 살았던 수많은 지식인, 난리 통에 떠난 고향을 절절히 그리워하며 술잔을 기울이던 수많은 사람이 이 시를 읽으며 시인과 함께 울었을 것이다. 이 시에는 슬픔을 위로하는 힘이 있다. 바로 이 시의 풍격으로 말해지는 '비장미悲壯美'에 그 답이 있다. 역대 수많은 평자는 이 작품을 비장미를 가장 잘 구현한 시로 평가했다. 슬프면서도 장엄하다. 슬픔과 장엄함의 이중주다. 장엄함 때문에 슬픔에는 강한 힘이 스민다. 바로 이 강한 힘이 실린 장엄한 슬픔이 우리 마음을 사로잡고 우리 안의 슬픔을 위로하고 치료하는 것이다. 구당협에서 불어오는 찬 가을바람을 맞으며 두보의 〈등고〉를 음송하다 보면 눈가에 눈물이 맺히기도 하지만 가슴 한편에 호연한 기상이 쌓이는 듯 뜨거움이 일렁인다.

2. 머리는 운양에 몸은 낭중에
─ 운양 장비묘(張飛廟, 쨩페이먀오)

본격적인 삼협 구경에 앞서 잠시 들러볼 만한 곳이 바로 백제성에서 그리 멀지 않은 곳에 자리한 운양의 장비 사당이다(크루즈 여행의 경우 대체로 장비 사당까지는 가지 않는다). 이 유서 깊은 사당은 지금으로부터 1,700년 전에 촉한의 명장 장비를 기념하기 위해 지어졌다. 수목이 울창한 봉황산을 뒤로 두고 유장하게 흐르는 장강을 앞에 둔 배산임수의 명당이다. 장비의 사당이 이곳에 세워진 이유는 바로 그의 비극적인 죽음 때문이다.

관우가 손권에게 죽임을 당한 뒤 이성을 잃은 유비는 주변의 만류를 뿌리치고 오나라와의 전쟁을 준비하면서 사천성 중부에 있는 낭주閬州에 주둔하고 있던 장비에게도 합류할 것을 지시했다. 장비 역시 유비와 마찬가지로 관우의 죽음으로 이성을 잃었었는지 부하 장수들에게 폭행까지 가하면서 출병 준비를 다그쳤다. 이에 앙심을 품은 범강范疆과 장달張達 두 장수가 장비의 목을 베어 들고 손권의 오나라로 도망쳤다. 그들이 운양에 이르렀을 즈음 촉과 오가 화친을 논의하고 있다는 소식이 전해졌다. 진퇴양난에 빠진 두 사람은 장강에 장비의 머리를 버리고 도망쳐버렸다. 그 일대에서 고기를 잡던 어부가 장비의 머리를 발견하고는 봉황산 산기슭에 묻게 되니, 그곳이 지금 사당이 있는 곳이다. 그래서 장비는 "머리는 운양에 있고, 몸은 낭중에 있는頭在雲陽, 身在閬中" 신세가 된 것이다.

장비는 거친 성격이지만 의협심이 뛰어나 불의를 보면 참지 못하였으므로 대중에게 크게 환영받은 인물이다. 악당을 만나면 후환을 생각지 않고 우선 흠씬 두들겨주니 본인이야 나중에 큰 고초를 겪기도 하지만 대중은 쾌재를 부르며 반기는 것이다. 이런 그의 모습을 드러내는 사자성어가 바로 "악인을 미워하기를 원수 보듯 하다"라는 뜻의 '질악여구嫉惡如仇'이다. 장비가 눈을 부라리며 탐관오리를 매질하는 《삼국지연의》의 한 장면이 사당 한쪽에 조형물로 만들어져 있다. 대중이 장비를 친근히 여기는 마음은 그와 관련된 수많은 생활 속담에서도 알 수 있다. "장비가 콩나물을 먹는다"라는 속담은 무슨 뜻일까? 일도 아니라는 뜻이다. 대식가인 장비가 콩나물 한 접시 먹는 것이야 일도 아닌 것처럼 어떤 일을 아주 쉽게 처리할 수 있을 때 쓰는 말이다. 우리말로 "식은 죽 먹기", "누워서 떡 먹기"에 해당한다고 할 수 있겠다. "장비가 수를 놓는다"라는 말은 또 무슨 뜻일까? 거칠면서도 섬세한 면이 있는 경우를 칭찬하는 말이다(이 말은 큰 재주를 너무 자잘

◆ 장비

한 일에 쓴다는 부정적인 뜻으로 쓰이는 경우도 있다). "장비가 쥐새끼를 바라본다"라는 속담은 좀 어렵긴 하지만 장비의 눈과 쥐의 눈을 생각하면 된다. 장비의 눈은 고리눈(환안環眼)으로 묘사되는 크고 둥근 눈이다. 이 큰 눈이 쥐새끼의 작은 눈을 보고 있다는 뜻인데, 어떤 당황스러운 상황이 발생해서 서로 눈만 멀뚱멀뚱 쳐다보고 있는 난감한 상황을 가리킬 때 쓰이는 말이다.

장비의 고리눈을 말했으니 이참에 그의 모습에 대한 이야기를 해보자. 나관중의 《삼국지연의》에서 장비는 흔히 신장이 팔척이요(신장팔척身長八尺), 표범 머리에 고리눈이고(표두환안豹頭環眼), 제비꼬리처럼 갈라진 턱에 호랑이 수염(연함호수燕頷虎鬚)으로 그려진다. 그야말로 위풍당당하고 용맹무쌍한 용사의 모습이다. 삼국지를 다룬 모든 영상물에서 장비는 대체적으로 이러한 모습으로 그려지고 있다. 그런데 소설 속 장비 말고 역사 속 장비는 사뭇 다른 미남자의 모습이었을 것이라고 추측하기도 한다. 2004년 장비가 주둔했던 사천성 장비산張飛山에서 발굴된 장비로 추정되는 조각상 때문이다. 이 장비 조각상은 나관중이 묘사하고 있는 무시무시한 장비의 모습과는 너무나도 달랐으니, 수염도 없이 매끈한 얼굴의 백옥 미남자였다. 사람들은 장비의 누이가 후주 유선에게 시집을 가서 황후가 될 정도로 고왔으니 장비 역시 미남자였을 가능성이 있다고 주장하기도 한다. 사실 진수의 역사서 《삼국지》에는 유비와 관우에 대한 묘사가 있으나 장비의 모습에 대한 구체적인 언급이 없으니 이런 주장이 전혀 황당한 것은 아니다.

장비의 사당 곳곳을 둘러보는데 아래쪽에서 폭죽 소리가 요란하고 연기가 구름처럼 피어오른다. 관리하는 사람에게 물어보니 이 지방 사람들은 차량을 새로 구입하면 꼭 이 장비 사당에 들러서 운전의 무사고를 비는 풍속이 있다고 한다. 그러면서 장비 사당의 영험함을 옛이야기를 들어서 설명한다. 청나라 강희 황제 때 대학사 겸 이부상서를 맡고 있던 장붕핵張鵬翮이라는 고관 대신이 고향 사천에 들렀다가 장강을 통해 조정으로 돌아가는 길이었다. 배가 장비 사당을 지날 즈음에 동행하던 하속들이 장비에게 제사를 하고 가자고 권했는데, 장붕핵은 "재상은 장군에게 절하지 않는다"라는 '상불배장相不拜將'의 이유를 들어서 제사를 거부하고 그냥 지나쳤다. 그들은 30리를 더 가서 삼파계三壩溪라는 계곡에 이르러 하루를 묵었는데 다음날 아침에 일어나 보니 배가 장비 사당 근처에 그대로 있었다. 묶은 줄이 풀려서 바람에 밀려 뒤로 왔겠거니 하고 다시 30리를 가서 삼파계에 묵었는데 역시 다음날 아침에도 여전히 배는 장비 사당 근처에 있었다. 그 다음 날도 마찬가지였다. 장봉핵이 크게 두려워하고는 허둥지둥 장비 사당에 올라 사죄의 제사를 드렸더니 장비의 신령이 용서했는지 강 위로 청풍이 알맞게 불어와 뱃길을 순조롭게 열어주었다. 지금도 장비 사당 앞 장강 석벽에는 '강상풍청江上風淸'이라는 2미터가 넘는 큰 글씨 넉 자가 새겨져 있어서 뱃길 수호자 장비의 존재감을 더하고 있다. 이러한 전설에 기초하여 이 지역 사람들은 새로 차량을 구입하면 무조건 이곳으로 달려와 안전 무사고를 기원한다. 뱃길보다 더 험한 것이 자동차 길이요, 자동차 길보다 더 험한 것이 인생길이니 그저 이런저런 신령의 도움을 빌고 빌면서 조심조심 안전제일로 나아갈밖에.

3. 신녀봉에 내리는 저녁 비
- 장강삼협(長江三峽, 창장싼샤)

이제 장강삼협의 절경 속으로 들어가보자. 백제성을 출발한 배가 삼협의 대문인 기문을 지난다. 백제성이 있는 봉절은 이전에 기주로 불렸으므로 이곳 삼협의 대문을 기문이라고 부른다. '기문천하웅夔門天下雄'이라 칭해질 정도로 기문 부근의 협곡은 웅장하다. 강을 사이에 두고 남쪽으로 백염산白鹽山, 북쪽으로 적갑산赤甲山이 까마득한 높이로

강을 굽어보고 있다. 여기서부터 삼협의 첫째 협곡인 구당협이 시작된다. 동쪽으로 무산현까지 약 8킬로미터로 이어지는 구당협은 강폭이 좁고 산세가 험해서 삼협 중 풍경이 가히 압권이다. 두보도 이 웅장한 구당협의 산세에 감동해서 〈백염산白鹽山〉을 남겼다.

뭇 산봉우리 밖에 우뚝 솟아
깊은 물가에 뿌리를 서렸구나
다른 산들은 모두 두터운 대지에 기대고 있건만
너만 홀로 높은 하늘에 가깝구나

卓立羣峯外, 蟠根積水邊。

他皆任厚地, 爾獨近高天。

　　예전에는 이 기문 앞에 염여퇴灩澦堆라는 암초가 있어서 배의 운항을 크게 위협했다. 여름에 강물이 불면 물에 잠겼다가 겨울에 수위가 낮아지면 모습을 드러냈는데, 옛날 뱃사람들은 물 밖으로 나온 염여퇴의 크기를 보고 배 운항 여부를 판단했다고 한다. 그래서 이 지역에 "염여퇴가 코끼리만 해지면 구당협은 올라갈 수 없고, 염여퇴가 말만 해지면 구당협은 내려갈 수 없다灩澦大如象, 瞿唐不可上, 灩澦大如馬, 瞿唐不可下"라는 민요가 전해졌다. 이 인상적인 바위를 보고 두보가 읊은 〈염여퇴〉라는 시다.

거대한 바위가 물 한가운데 있는데

강이 추워지니 물 밖으로 길게 나왔네

소를 빠뜨려 수신水神에게 제사하고

바위가 말만 해지면 배의 운항을 삼간다네

하늘의 뜻은 배가 뒤집힐까 염려한 것

신묘한 공력이 아득한 물에 닿아 있구나

전란에 연이어 뱃줄을 푸노라니

떠나든 머물든 위태롭기만 하구나

巨石水中央, 江寒出水長。

沉牛答雲雨, 如馬戒舟航。

天意存傾覆, 神功接混茫。

幹戈連解纜, 行止憶垂堂。

염여퇴는 1958년에 폭파되어 해체되고 그 일부가 중경에 있는 삼협박물관에 전시되어 있다.

배가 무산현에 도달하면 구당협은 끝나고 무협巫峽이 시작된다. 무산현에서 여행자들은 큰 배에서 작은 배로 갈아타고 소삼협과 소소삼협을 구경한다. 소삼협은 무산소삼협으로 불리는데, 장강삼협에 웅장함이야 못 미치지만 아기자기한 맛이 있어 볼 만하다. 소삼협의 수려함을 소개하는 안내원의 지칠 줄 모르는 설명이 좀 거슬리면 배 맨 위층에 올라가서 차 한잔 마시면서 느긋하게 경치를 감상하면 된다. 소삼협에서 가장 눈길을 끄는 것은 높은 절벽 틈새에 자리한 관이다. 절벽에 매달려 있다고 해서 '매달릴 현懸'자를 써 '현관懸棺'이라고 한다. 이 지역에 살았던 고대 소수민족의 장례 풍속인데 까마득한 현애 절벽에 묘실을 파고 그곳에 관을 넣었다. 그 작업 과정이 어려워 비용도 많이 들었을 터라 지체 높은 귀족들이나 가능한 장례 풍속이다. 사람이나 짐승이 접근하기 어려운 절벽이니 도굴을 방지하기에 좋아서 택한 방식이겠지만, 구름 피어오르는 절벽 높은 곳이면 신선이 있는 곳이니 망자가 선계로 가기 쉬울 것이라는 믿음도 있었을 것이다. 소삼협이 끝나고 소소삼협이 시작되면 이번에는 뱃사공이 노를 젓는 작은 배에 옮겨 타고 맑은 물길을 거슬러 올라가면서 좁은 협곡의 풍광을 감상한다. 자연 풍광이야 크게 다를 바가 없지만 지역 주민인 뱃사공이 부르는 민요 한 자락을 감상할 수 있어 이채롭다. 물론 약간의 사례는 해야 한다. 다시 순서를 바꿔서 소소삼협에서 소삼협으로 다시 장강삼협으로 돌아오면 배는 기적을 울리며 본격적으로 무협의 한복판으로 운항을 시작한다.

총 길이 46킬로미터의 무협은 수려한 봉우리들이 끝도 없이 이어지는데, 그중에 가장 빼어난 것이 무산십이봉巫山十二峯, 무산의 열두 봉우리다. 강을 사이에 두고 남북으로 여섯 봉우리가 차례로 구름 안개 속에 신비롭게 솟아 있다. 봉우리마다 조운朝雲, 기운起雲, 등룡登龍비봉飛鳳 등의 이름을 갖고 있는데, 이 중에서 유명한 것이 무산 신녀의 전설을 안고 있는 신녀봉神女峰이다. 봉우리들 중에서 가장 먼저 아침노을을 맞이하고 가장 늦게 저녁노을을 전송한다고 해서 망하봉望霞峰이라는 이름으로도 불리는 이 봉우리 뒤쪽에는 사람 형상의 돌기둥 하나가 서 있는데 이 돌기둥이 바로 무산의 신녀다. 신화 속 서왕모西王母의 막내딸 요희瑤姬가 인간 세상에 노닐다가 풍경이 수려한 무산 인근을 지나가게 되었는데, 마침 우禹가 백성들을 이끌고 치수하는 현장을 보게 되었다. 거센 물결과 사투를 벌이는 우의 노력과 정성에 감동한 요희는 신공을 활용하여 우가 치수에 성공하도록 힘을 보탰다. 그리고 치수가 성공한 뒤에도 돌아가지 않고 물길이 가장 험한 무협의 산봉우리에 남아 백성들이 평안히 뱃길을 오갈 수 있도록 보살펴주었다. 장구한 세월이 흐르면서 그녀의 몸은 돌기둥으로 변하게 되었으니, 바로 신녀봉 뒤쪽에 서 있는 사람 형상의 돌기둥이 바로 그것이다. 무산의 산들은 자주 구름과 안개에 가려져 있어서 아주 청명한 날이 아니면 무산 신녀의 돌기둥을 보기가 쉽지 않다.

이 신화 속 이야기는 천년 뒤 전국시대에 이르면 애정고사로 각색되어 등장한다. 굴원의 제자 송옥宋玉이 쓴 〈고당부高唐賦〉라는 글에서 비롯된 이야기이다. 당시 장강삼협이 속해 있던 초나라를 다스리던 회왕懷王이 무산에서 노닐다가 노곤하여 잠이 들었다. 꿈에 한 부인이 나타나서 말하기를 "저는 무산의 신녀입니다. 왕께서 무산에 놀러오셨다는 소식을 듣고 잠자리 시중을 들고자 찾아왔습니다"라고 하니

◆ 무협신녀봉

왕이 흔쾌히 그녀와 동침하였다. 다음 날 신녀는 왕과 작별하면서 말했다. "저는 무산의 남쪽, 높은 산 험한 곳에서 살고 있습니다. 아침에는 구름이 되어, 저녁에는 비가 되어 조석으로 대왕과 함께했던 이곳을 찾아오겠습니다." 잠에서 깨어난 회왕이 나가 보니 과연 아침 구름이 자욱하게 무산을 덮고 있었으므로 사당을 지어 신녀를 기리고 사당 이름을 '아침 구름'이란 뜻의 '조운朝雲'이라 칭하였다. 이 이야기에서 비롯된 성어가 남녀가 나누는 육체적인 사랑을 뜻하는 '운우지정雲雨之情'이다. 이 운우지정의 연애 신화는 특히나 감성적인 시인들을 격동시켰으니, 무산 무협을 지나는 시인들 중에 아침 구름과 저녁 비를 언급하지 않는 이가 없을 정도이다.

어젯밤 무산 아래
원숭이 울음소리 꿈속에서도 길더라.
복사꽃 푸른 물에 나는
춘삼월 구당협을 지나는데,
비는 바람에 날려
남쪽으로 초왕대를 스치니,
높은 언덕에서 송옥이 그리워
옛일을 생각하며 눈물 흘리노라.
昨夜巫山下, 猿聲夢裏長。
桃花飛綠水, 三月下瞿塘。
雨色風吹去, 南行拂楚王。
高丘懷宋玉, 訪古一沾裳。

이백이 지은 〈무산 아래서 머물다宿巫山下〉라는 시이다. 이백이 시인 송옥이 그립다고 눙치고 있지만, 속마음이야 무산 신녀의 고운 자태를 그리워하며 탄식한 것은 아닐는지! 이 운우지정의 신화는 비가 잦고 구름도 많은 무협의 날씨에서 비롯된 것일 가능성이 높다. 특히 무협은 구름이 장관이기로 유명하여서 당나라 시인 원진은 "바다를 보고 나면 물이 눈에 차지 않듯이, 무산을 제외하고는 더 이상 구름이 아니다曾經滄海難爲水, 除卻巫山不是雲"라고 할 정도였다.

배가 엷은 저녁 구름 속 신녀봉과 점점 멀어지고 강물이 시나브로 어두워지니 나그네 객수를 이기지 못해 생각이 깊어지는 사이, 무산 신녀 같은 둥근 보름달이 동편에 걸려 있다. 강물에 술 한잔 따르는 나그네 뱃길이 그윽하여 좋구나.

파국의 유정한 밤
초강에 옛 달이 뜬다
둥근 하늘 거울에 한잔 술 올렸더니
신녀의 씻은 얼굴이 또렷하구나
巴國有情夜, 楚江古月生。
一樽飛鏡酌, 神女洗顔明。

– 김성곤, 〈무산월巫山月〉

3장 호남성

1. 산수화 속을 노닐다

― 장가계(張家界, 장자제)

장강을 따라 여행하는 길, 삼협댐이 있는 의창에서 배를 내려 육로로 장가계張家界로 향한다. 장가계까지는 차로 4시간 반이 걸린다. 의창은 호북성이고 장가계는 호남성이니 시간이 좀 걸리는 여정인데, 그래도 요즘은 고속도로가 생겨서 한결 수월하다. 장가계는 문자 그대로 장씨 집안의 세상이란 뜻으로, 명나라 때 조정에서 장씨 집안에게 내려준 영지이다. 한나라 개국 공신 장량張良이 말년에 은거한 곳이라고 말하기도 하는데, 근거가 부족하여 믿기 어렵다. 유방이 항우를 무찌르고 천하를 차지하게 만든 일등공신 장량은 대업을 이룬 후에 그 공을 누리지 않고 과감히 물러남으로써 비정한 권력에 토사구팽되지 않고 천수를 누린 명철보신明哲保身(총명하고 사리에 밝아 일을 잘 처리하여 일신을 그르치지 않음), 공성신퇴功城身退(공을 세운 후 그 자리에서 물러남)의 현자다. 그가 물러나 은거한 곳은 장가계가 아니라 호북성 함녕시咸寧市 통성현通城縣에 있는 황포산黃袍山으로 알려져 있다. 황포산과 장가계는 무려 400킬로미터 이상 떨어진 전혀 다른 지역이다. 이 황포산은 장량의 스승인 황석공黃石公이 살던 통성현의 장사산張師山과도 멀지 않은 곳이니 장량이 은거했을 가능성이 매우 높다. 황석공은 이교圯橋 다리 위에서 일부러 신발을 떨어뜨려 장량을 시험한 후에 병법서를 전해준 그 괴팍한 스승이다.

풍광이 뛰어나 1982년 중국 최초의 국가삼림공원으로, 1992년 유네스코 세계유산으로 등재된 장가계는 우리나라 사람들이 특히 많이 찾는 이름난 관광지다. 마치 오래된 신전의 허물어져가는 기둥과도 같고 봄날 솟아난 거대한 죽순과도 같은 크고 작은 기이한 봉우리들이 산을 가득 채우고 있다. 이런 모습은 우리나라에서는 극히 보기 드문 자연 풍광이어서 우리나라 관광객들을 매료시키기에 충분하다. 풍경구 안에 '십리화랑+里畵廊'이라는 구역이 따로 있지만, 86제곱킬로미터에 3천여 개의 봉우리가 들어차 있는 장가계는 그 전체가 빼어난 그림으로 가득한 화랑이라 해도 과언이 아니다. 높이가 무려 326미터에 달하는 백룡 엘리베이터를 타고 전망대로 높이 올라가 그 봉우리들을 바라보면, 영화 〈아바타〉의 공중에 떠 있는 할렐루야산이 즉각 연상될 정도로 신비롭기 그지없어서 마치 다른 세상에 와 있는 듯한 느낌이 든다. 여기에 구름 안개가 어슴푸레하게 깔리기라도 하면 장가계는 즉각 여백의 미를 한껏 살린 한 폭의 대형 산수화가 된다. 저기 봉우리 몇 좌를 뽑아 집 가까운 곳에 옮겨 심어놓고 조석으로 감상하고 싶은 욕심이 동한다. 잘생긴 아름다운 산수를 늘 대하고 살다 보

◆ 장가계

면 우리 성정이 그 자연을 그대로 닮아가지 않겠는가! 우리가 그토록
풍경이 좋은 곳을 찾아다니며 기웃거리는 이유가 바로 그런 자연처럼
멋진 사람들이 거기 살지도 모른다는 기대 때문 아니던가! 옛 화가들
이 산수화를 그려 대청에 걸어두고 조석으로 감상한 뜻도 그러하거니
와 그 산수화의 명산대천 사이사이에 그 산천을 닮은 듯 눈 맑고 웃음
순수한 사람들을 배치한 것도 그런 기대를 담은 것이리라.

　당나라 시인 위응물韋應物의 〈휴가일방왕시어불우休暇日訪王侍御不遇〉
는 환경의 교육적 효과를 논하는 곳에 자주 인용되는 시이다.

아흐레를 정신없이 내달리다 하루 한가로워

그대 찾아갔다가 만나지 못하고 돌아오네.

뼛속까지 스미는 그대 시의 맑은 기운 기이하다 했더니

그대 집 문 앞에 항상 차가운 물이 흐르고

눈 가득한 산봉우리가 마주하고 있어서였군요.

九日馳驅一日閑, 尋君不遇又空還。

怪來詩思淸人骨, 門對寒流雪滿山。

이 산수화 같은 공간 속에 사는 아름다운 사람들은 누구인가? 바로 토가족土家族(투쟈주)이다. 호남성과 호북성, 중경과 귀주성 일대에 흩어져 살고 있는 토가족은 약 8백만 명 정도로 알려져 있으며, 토가어를 구어로 쓰지만 별도의 문자는 없다. 토가족은 '토생토장土生土長', 즉 원래부터 이곳에서 나고 자란 원주민이라는 말이다. 장가계 풍경구 내에는 토가족의 사는 모습을 구경할 수 있는 마을 산채가 있다. 마을을 구경하면서 가장 눈에 띄는 것은 울면서 노래 부르는 아름다운 신부의 모습이다. 울며 시집가는 노래라는 뜻의 곡가가哭嫁歌를 시집가는 신부가 목이 쉬도록 부른다. 부모와 형제를 떠나는 슬픔을 담은 이별 노래인데 얼마나 구슬픈지 듣다 보면 절로 코끝이 시큰해진다. 보통 신부는 결혼하기 전 7일에서 보름 정도, 길게는 한 달이 넘도록 노래를 부른다고 한다. 목이 쉬어서 더 이상 소리가 나지 않을 때까지 줄곧 불러야 현숙한 신부라 칭송을 받는다고 한다. 노래는 대체로 부모님의 은혜에 대한 감사와 가족을 다시 보지 못하는 슬픔에 대한 내용이 주를 이룬다. 곡가가 중 아버지의 은혜를 노래한 〈곡부哭父〉의 가사를 소개한다.

하늘의 별 총총 달은 어둑한데
우리 아버지 날 위해 고생고생하셨네
아버지의 가없는 은혜로운 마음이여
말로는 다 표현할 수 없다네
우리가 굶주릴까 걱정하시고
우리가 병들까 걱정하시고
우리가 남들보다 추하게 입을까 걱정하시며
새벽부터 밤까지 고생고생하셨네
(중략)
딸자식 지금 부모님을 떠나가려 하니
아픈 가슴 견딜 수가 없고 눈물이 옷깃을 적시네요
딸이 되어 부모님께 효도를 다하지 못하고
종신토록 부모님을 모시지 못하게 되었어요
물 속에서 켜는 등불이 어찌 밝을 수 있겠어요
헛되이 세상에 와서 사람 노릇 못하고 있네요

장가계 여행에서 빼놓을 수 없는 곳이 장가계의 혼이라고 불리는 천문산天門山이다. 통천대도通天大道, 하늘로 통하는 큰 길이라는 거창한 이름의 도로가 천문산 낭떠러지를 돌며 10킬로미터 넘게 이어진다. 해발 200미터에서 1,300미터까지 99번 굽어지는 길로 버스가 씽씽 달리면 창밖 까마득한 낭떠러지 너머로 구절양장 절벽 도로가 바짝 따라온다. 이윽고 도착한 곳은 999개의 계단으로 이루어진 하늘로 오르는 계단, 상천제上天梯다. 이 계단 끝에 하늘 문 천문동天門洞이 신비롭게 서 있다. 이 천문동이 있는 산봉우리는 삼국시대 숭량산이

라 불렸는데, 어느 날 갑자기 굉음과 함께 높이 131.5미터, 너비 57미터, 깊이 60미터의 동굴이 봉우리를 관통하여 남쪽에서 북쪽으로 둥근 문처럼 뚫려서 마치 하늘로 들어가는 대문인 양 신비롭게 조성되었다. 삼국시대에 이 지역을 다스리던 오왕吳王이 이를 길조라 여겨서 산 이름을 숭량산에서 천문산으로 바꾸고, 이 동굴을 천문동이라고 한 것이다. 많은 유람객이 이 신비로운 곳을 올라 천문동에 이르러 하늘 문 저 너머에 있는 선계를 엿보고자 한다. 까마득한 계단 끝에 하늘을 담고 있는 천문동을 상천제 아래에서 바라보면 저 문 너머에 무언가 특별한 세상이 있을 것 같은 기분이 들기 때문이다. 옛사람도 그

◆ 상천제, 천문동

렇게 느꼈던지 이런 노래가 전해진다.

천문산 위 천문동이 있고
천문동 위에 하늘 문 문턱이 걸쳐 있다네
인간과 하늘이 문턱으로 떨어져 있으니
선계로 가려면 문턱을 넘어가야 한다네
일생토록 근심 없고 행복만 많은 곳
신선처럼 즐겁게 껄껄 웃으며 살 곳이라네
天門山上天門洞, 天門洞橫天門坎。
人間天上由坎隔, 若往仙界跨坎過。
一生無憂幸福多, 猶如神仙樂呵呵。

이런 기대를 안고 999개의 계단을 힘겹게 올라서 천문동 문턱을 넘어서지만 보이는 것은 첩첩 이어지는 산맥의 아스라한 원경일 뿐이다. 우리가 찾던 선계는 다시 산 구름과 저녁 안개 속으로 멀리 숨어버리고 고단한 나그네는 천문동 절벽을 나는 산제비들의 비행을 바라보면서 먼 옛날 아득한 무릉도원의 별천지를 상상할 뿐이다. 무릉도원, 장가계의 정식명칭이 장가계무릉원풍경명승구張家界武陵源風景名勝區가 아닌가. 이것이 장가계를 무릉도원으로 일컫는 이유이기도 한데 사실 유토피아 무릉도원은 다른 곳에 있다. 이제 우리는 진짜 무릉도원을 찾아간다.

2. 복사꽃 물결 따라 찾아가는 세상 밖의 땅
— 도원(桃源, 타오위안)

옛날 무릉武陵의 한 어부가 고기잡이배를 타고 가다가 길을 잃었다. 한참을 헤매다가 복사꽃이 무더기로 줄지어 떠내려오는 신비로운 물줄기를 만나게 된다. 이상한 느낌에 휩싸인 이 어부는 그 물줄기를 끝까지 거슬러 올라가 마침내 조그만 동굴을 발견한다. 안쪽을 들여다보니 희미한 불빛 같은 것이 보여 배를 버려두고 동굴로 들어갔는데, 동굴 너머에는 수백 년 전 진시황의 폭정을 피해 숨어 들어온 사람들이 살고 있는 평화롭고 풍족한 이상 사회가 있었다. 위진남북조시대 술과 국화의 시인 도연명이 쓴 〈도화원기桃花源記〉라는 글에 나오는 이야기이다.

이 글에서 비롯된 유토피아가 바로 무릉의 복사꽃 물결이 흘러내려온 근원지라는 뜻의 무릉도원武陵桃源이다. 전란으로 어지럽던 시대의 가난한 시인 도연명이 상상 속에서 그려낸 유토피아이건만, 이 작품이 발표되자 사람들은 그것을 상상의 허구가 아닌 실재하는 공간으로 믿었다. 그래서 그런 공간을 찾아다니기도 하고 스스로 만들기도 했다. 사람들은 무릉군에 속한 여러 지역을 탐사하고는 마침내 도연명의 글에서 묘사하고 있는 지형과 유사한 곳을 찾아냈다. 바로 호남성 상덕시常德市에 있는 도원桃源이라는 곳이다. 장가계에서 가면 4시간 정도 소요되는 거리이다. 이 도원에 도연명이 설계한 무릉도원이 있다. 입구에 들어서면 '세상 밖 무릉도원'이란 뜻의 '세외도원世外桃源'이 적힌 높다란 패방牌坊(위에 망대가 있고 문짝이 없는 대문 모양의 중국 특유의 건축물)이 나그네를 반긴다. 우리는 이상향을 무릉도원이라고 표현하지만 중국인들은 대체적으로 세외도원이라는 말을 많이 쓴다. 우리네 홍진 세상 밖에 있는 무릉도원이란 뜻이다. 뜰 곳곳에 연못을 파고 복숭아나무를 심었는데, 복사꽃이 연못에 떨어지는 봄철이면 복사꽃 물결 따라가던 무릉의 어부의 모습이 자연스럽게 떠오를 것이다. 조금 더 올라가면 이 유토피아의 설계자인 도연명의 사당이 있다. 그 사당 너머로 작은 계곡이 이어지는데 그 졸졸 흐르는 물줄기를 따라 올라가다 보면 물줄기가 끝나는 곳에 자그마한 소가 하나 있고 그 위쪽으로 작은 동굴이 하나 보인다.

어부가 심히 기이하게 여겨 다시 앞으로 나아가 복숭아나무숲 끝까지 가고자 했다. 숲은 물이 흘러나오는 수원지에서 끝나고 그 위로 산 하나가 솟아 있었다. 그 산에 작은 동굴이 있는데 희미하게 빛이 흘러나오는 듯했다. 어부는 배를 버려두고 입구로 들어갔다. 처음에는 극히 좁아 겨우 한 사람이 지나갈 수 있을 정도였다.

– 도연명, 〈도화원기〉

밖에서 보면 동굴이 어두워서 제법 깊어 보였는데 망설일 것이 무엇 있으랴. 어부야 아무것도 몰랐으니 호기심 반 두려움 반으로 주저함도 있었겠지만, 우리는 동굴 저 너머에 무릉도원이 있다는 걸 이미 알고 있는데 이까짓 어둠 쯤이야! 생각보다 길지 않은 동굴을 나서니 가을 햇살에 눈이 부신데 거기에 우리네 세상과 별반 다르지 않은 무릉도원이 범범하게 펼쳐지고 있었다.

어부가 다시 수십 보를 더 가니 환하게 트이고 밝아졌다. 토지는 평평하고 넓으며 집들은 가지런하고 기름진 밭과 아름다운 연못과 뽕나무 대나무 등속이 있었다. 밭길이 사방으로 통해 있고 닭 우는 소리와 개 짖는 소리가 들리는데, 그 가운데 왕래하며 농사를 짓는 사람들의 복장이 다른 세상 사람과 같았다.

— 도연명, 〈도화원기〉

밭도 있고 그 밭을 가는 소도 있고 대나무 우거진 연못도, 단아하게 지은 예스러운 집들도 보이고, 몰려다니는 닭들도, 늘어져 있는 개도 보였다. 그러나 가장 눈길을 끄는 것은 무릉도원을 찾는 관광객들을 맞이하는 가게들이 줄지어 있는 풍경이었다. 이건 도연명의 설계도에는 애초 없는 풍경이다.

사람들이 어부를 보고는 깜짝 놀라며 그 들어온 경유를 묻고는 그를 데리고 집으로 돌아가서 술을 차려 내고 닭을 잡고 밥을 지었다.

— 도원명, 〈도화원기〉

가게 주인들이 옛날 어부를 대접하듯이 음식을 차려내는데 그중에 기억할 만한 것이 바로 뢰차擂茶(레이차)라는 전통차다. '뢰'는 음식을 갈다라는 뜻으로, 뢰차는 찻잎, 생강, 산수유, 녹두 등을 갈아 분말로 만든 뒤 소금을 넣어 끓여 마시는 걸쭉한 차다. 한나라 때부터 마시기 시작한 차라고 하니 도연명이 살았던 위진남북조시대보다 훨씬 앞서서 비로소 무릉도원의 느낌이 조금 살아난다. 이 뢰차를 여러 가지 간식거리와 함께 푸짐하게 먹는데 그중에 압권은 무를 허리띠처럼 길게 깎아서 만든 매콤하고 짭짤한 '장수무'이다. 이걸 중간에 끊지 말고 한 번에 다 먹어야 장수한다고 하니 너도 나도 장수무를 높이 들어올린 뒤 목을 길게 빼고 우적우적 씹는데 적지 않은 사람들이 사레가 걸려 온통 웃음바다가 되었다.

며칠 머물다가 작별하고 떠나는데 이 마을 사람들이 이르기를 "외부 사람들에게 말할 것은 못 됩니다"라고 했다. 어부는 동굴을 나온 뒤 자신의 배를 찾아 타고 길을 따라가면서 지나는 곳마다 표시해두었다. 무릉군에 이르러 태수에게 나가 사실을 설명하니 태수가 즉시 사람을 파견하여 어부를 따라가 찾게 했는데, 지난번 표시해둔 곳을 찾아보았으나 길을 잃고 말았다.

– 도연명, 〈도화원기〉

왜 도연명은 무릉도원을 끝내 세상 사람들이 찾지 못하도록 꼭꼭 숨겨놓았을까? 아마도 그 무릉도원은 뱃길로 찾아갈 수 있는 곳이 아니라는 뜻은 아닐까? 마음 길로, 마음의 등불을 밝히고 어둠을 넘어 찾아갈 수 있는 그런 곳이라는 뜻은 아닐까? 이런저런 생각으로 허청허청 어둑해진 길을 걸어 나오는데 오래전 이곳에 들러 술 한잔 기울이던 봄날이 아련하게 떠올랐다.

진나라 사람의 땅에 깊이 앉아
홀로 세상 밖 술을 마신다
복사꽃 피어 속한 기운 사라지고
매화 떨어져 울타리 향기롭다

삼대 한 집안 식구들

모두 모여 불 지펴 밥 지어먹는다

뉘엿뉘엿 봄날은 저물어가는데

얼큰 취한 객은 돌아가는 길 더디다

幽坐秦人地,　獨飮絶世時。

桃開無俗氣,　梅落有香籬。

三代一家口,　咸來食飯炊。

冉冉春將暮,　醺醺客歸遲。

－ 김성곤, 〈봄날 도화원을 방문하다春日訪桃花源〉

3. 여신의 눈물과 시인의 탄식, 옛사람의 우환
－ 동정호(洞庭湖, 뚱팅후) 악양루(岳陽樓, 위에양러우)

이번 여행지는 장강이 삼협을 나와 동으로 흘러가다 만나는 중국에
서 두 번째로 큰 담수호인 동정호다. 예부터 '팔백리동정八百里洞庭'이
라고 불리는 이 거대한 동정호의 면적은 1990년대 말 기록에 의하
면 2579.2제곱킬로미터다. 참고로 서울 면적이 605제곱킬로미터이
니 그 광대함은 상상하기가 어려울 정도이다. 호남성의 주요한 네 개
의 하천 상수湘江, 자수資水, 원강沅江, 풍수澧水와 멱라강汨羅江을 비롯
한 작은 지류들이 흘러들어와 이 거대한 호수를 이룬다. 서북쪽에서
는 장강에서 갈라져 나온 송자하松滋河, 호도하虎渡河, 우지하藕池河, 화
용하華容河 등이 장강의 불어난 물을 이 동정호로 흘러보내는데, 이로
인해 동정호는 장강 유역의 막대한 홍수 조절 능력을 갖추게 되었다.

◆ 동정호

동정호 북쪽을 흐르는 장강은 남으로 방향을 틀어 호남성 악양岳陽의
성릉기城陵磯에 이르러 동정호가 내뿜는 물을 다시 받아서 동북쪽으로
흘러간다. 이 호수 중앙에 군산君山이라는 이름의 커다란 섬이 있는데,
이 섬의 옛 이름이 동정산洞庭山이었으므로 호수를 동정호라 한 것이
다. '동정'은 신선들이 살고 있는 정원이라는 뜻인데, 도교에서 이 섬
중앙에 자리한 섬을 천하제일복지天下第一福地로 여겨서 이렇게 이름을
붙인 것이다.

　동정호에서 가장 이름난 명승지는 무한武漢의 황학루黃鶴樓, 남창南
昌의 등왕각滕王閣과 함께 강남삼대명루江南三大名樓로 꼽히는 악양루다.
호남성의 2대 도시인 악양은 동정호의 동북쪽 끝에 자리하고 있는데,

◈ 악양루

동서남북으로 이어지는 뱃길로 인해 예부터 군사적 요충지였다. 악양
루는 삼국시대 오나라 장수 노숙魯肅이 군대를 사열하는 열병대閱兵臺
로 처음 세웠다고 하니 1,800여 년의 역사를 간직하고 있는 셈이다.
악양루는 '동정천하수, 악양천하루洞庭天下水, 岳陽天下樓'라는 말처럼 늘
동정호와 이름을 같이했다. 악양루가 명루로 천하에 이름을 알리게
된 것은 한 편의 명시와 명문이 존재한 까닭이다. 당나라 시인 두보의
시 〈등악양루登岳陽樓〉와 송나라 정치가요 문장가인 범중엄范仲淹의 글
〈악양루기岳陽樓記〉다.

두보는 죽기 전에 고향에 돌아가자는 절박한 심정으로 약 2년 동안
머물던 백제성을 떠나 삼협을 지나 고향을 향한다. 하지만 여전히 뱃
길은 전란으로 막히고 오갈 데 없이 된 두보는 병든 몸을 이끌고 호

북과 호남을 정처 없이 떠돈다. 이 막막한 절망의 시기에 두보의 배는 바다처럼 광활한 동정호에 도달했고, 늙고 병든 시인은 그 유명한 누각 악양루에 올라 이 시를 남겼다.

예로부터 동정호를 들었더니
이제야 악양루에 오르네
오나라 초나라까지 동남으로 터져 있고
해와 달이 밤낮으로 이곳에서 떠오르네
친척도 친구도 소식 한 자 없고
늙고 병들어 외론 배로 떠도는 몸
고향 북쪽은 여전히 전쟁 소식
누각 난간에 기대어 눈물 콧물 흘리네
昔聞洞庭水，今上岳陽樓。
吳楚東南坼，乾坤日夜浮。
親朋無一字，老病有孤舟。
戎馬關山北，憑軒涕泗流。

이 시의 전반부는 동정호에 대한 묘사이고, 후반부는 자신의 신세에 대한 술회다. 친척도 친구도 소식 한 자 없이 늙고 병들어 홀로 외롭게 떠도는 몸이다. 고향이 있는 북쪽은 여전히 전쟁 중이어서 돌아갈 아무런 희망도 없다. 악양루 난간에 기대어 눈물 흘리고 있는 시인의 처지가 여간 안쓰럽지 않다. 이 시는 역대로 3, 4구를 최고의 명구로 여겨 왔다. 오나라, 초나라까지 넓게 이어지는 이 광활한 동정호는 해와 달이 뜨고 지는 장엄한 우주 공간으로 묘사된다. 그런데 이 광대한 풍경에서 비롯된 장엄한 기상이 작품 후반부에 묘사된 슬픔에 강력하게 영향을 준다. 후반부에서 시인의 고독과 절망이 강렬하고 침울해도 이 시는 여전히 장엄한 기상 속에 있다. 늙고 병든 몸으로 친척과 친구들의 외면과 전쟁이라는 시대가 만든 불행에 힘을 다해 맞서는 강인함을 보여주는 것으로 이해할 수도 있다. '고주孤舟'의 '고'는 외로움이면서 동시에 고고함이다. 따라서 홀로 세상과 우주에 맞서는 배짱을 보여주는 것으로도 볼 수 있다. 유종원이 〈강설江雪〉에서 묘사한 천산, 만 길에 내리는 눈에 맞서서 삿갓 쓰고 홀로 차가운 강에서 낚시하는 노인의 그 외로운 배 '고주'가 바로 두보의 〈등악양루〉의 고주가 될 수도 있는 것이다. 그런 씩씩함과 결기 때문에 마지막 구 난간에서 흘린 시인의 눈물도 개인의 슬픔에서 벗어나 전란의 시대에 대한 슬픔으로 읽힌다.

2003년 봄, 중국 강남을 여행하면서 악양루에 올라 두보의 이 시에 화답하는 〈악양루에 올라 두보를 생각하다登岳陽樓懷杜甫〉라는 시 한 수를 썼다.

천 리 동정호여
만년의 근심을 머금고 있구나
북으로는 무협의 한에 통하고
남으로 소상의 근심에 접하였어라
늙고 병들어서도 붉은 봉황을 노래했지만
평생을 흰 갈매기로 떠돈 신세
난간에 기대어 그의 눈물자국을 보니
소상반죽瀟湘斑竹처럼 선명하게 남아 있구나

千里洞庭水, 長含萬載愁。

北通巫峽恨, 南接瀟湘憂。

老病吟朱鳳, 平生是白鷗。

憑軒看涕痕, 如竹分明留。

바다처럼 망망한 동정호에 천년 세월을 넘어서 서려 있는 두보의 한을 읊은 것이다. 그 한은 동정호에서 거슬러 올라 삼협에 짙게 서린 고향에 대한 두보의 그리움과도 만나고, 또 소수, 상수로 이어져 호남을 떠돌며 느꼈을 두보의 고독과 절망과도 만난다. 호남을 떠도는 중에 남악 형산에 올라 붉은 봉황을 노래했던 것은 몸은 늙고 병들었지만 여전히 뜨거운 시인의 피가 흘렀던 까닭일까? 하지만 그의 일생은 한 마리 정처 없는 흰 갈매기 같았다. 그가 눈물 콧물 흘렸던 악양루에 올랐더니 난간에 그의 눈물자국이 선명하다. 마치 순임금의 아내 아황과 여영의 피눈물자국이 소상반죽에 선명하게 남은 것처럼 말이다. "난간에 기대어 그의 눈물자국을 보니, 소상반죽처럼 선명하게 남았다"라는 이 시의 마지막 구에 나오는 소상반죽의 전설을 따라 악양루에서 15킬로미터 정도 배를 타고 동정호 호심에 있는 군산君山으로 들어갔다.

당대 시인 유우석劉禹錫이 "흰 은쟁반 위에 푸른 소라 한 마리白銀盤裏一靑螺"라는 지극히 감각적인 수사로 묘사한 신비로운 섬 군산에는 순임금의 두 아내 아황과 여영을 모신 사당 상비묘湘妃廟가 있다. 상수의 여신이 된 두 여인의 이야기다. 아득한 시절 순임금이 천하를 순수하던 중에 호남에서 병이 들었다. 순임금의 두 아내, 요임금의 딸인 아황과 여영은 산서 남부에서 출발하여 호남까지 남편을 찾아왔다. 그들이 동정호로 흘러드는 상수湘水 부근에 이르렀을 때 순임금이 호남 남부 창오蒼梧에서 이미 숨을 거두었다는 비보를 접하게 되었다. 상심이 극에 이른 두 여인은 상수 강가에서 피눈물을 흘리다가 마침내 숨을 거둔다. 그리고 그 피눈물이 대나무에 떨어져 눈물자국으로 선명하게 남게 되니 이것이 바로 얼룩 반점이 있는 소상반죽이라는 대나무다. 상비묘 앞에는 그 전설의 시대에서 불쑥 솟아난 듯 두 자매의 무덤이 반죽에 둘려 고요히 자리하고 있다. 두보 역시 생의 마지막 여정에서 상비묘에 들러 아득한 전설처럼 아름다운 시 〈사당 남쪽에서 저물녘 바라보다祠南夕望〉를 지었다.

긴 닻줄이 푸른 강물을 당기고
외론 배 기우는 햇살에 떠 있다
흥이 일어 지팡이 집고 거닐다가
멀리 구름 이는 흰 모래밭을 바라본다네
산 요정은 봄 대숲에서 길을 잃고
상수의 여신은 저녁 꽃에 기대었구나
호남 이 그지없이 맑은 땅
무진세월 길게 탄식하던 곳이었느니
百丈牽江色, 孤舟泛日斜。
興來猶杖屨, 目斷更雲沙。
山鬼迷春竹, 湘娥倚暮花。
湖南淸絶地, 萬古一長嗟。

군산에서 상비묘와 함께 이름난 것이 하나 있으니 바로 군산은침

차君山銀針茶다. 찻잎이 미세한 흰 털로 덮여 있고 마치 바늘처럼 뾰족해서 '은침'이라 이름한 것이다. 가볍게 발효시킨 황차黃茶 계열에 속하는 이 차는 유리잔에 따라서 마시는 것이 특징인데, 뾰족한 찻잎이 유리잔 속에서 꼿꼿하게 서 있는 모습을 보기 위해서다. 이 모습을 "죽순이 땅에서 솟아난 듯하다群筍出土"라고 표현하기도 하고 "만 자루 붓이 하늘에다 글씨를 쓴다萬筆書天"라고 과장하기도 한다. 드넓은 동정호가 바라보이는 찻집에서 이 명차를 한 잔 시켜놓고 범중엄의 〈악양루기〉를 읽는다. 악양루를 천하의 명루로 널리 알린 명문이다.

파릉巴陵의 훌륭한 경치는 동정호 하나에 달려 있도다.
먼 산을 머금고 긴 강을 삼켰으니 호호탕탕 끝이 없으며
아침 햇살과 저녁 그늘에 그 기상이 천태만상이로다.

악양루를 중수한 등자경滕子京의 부탁으로 〈악양루기〉를 쓴 범중엄은 광활한 동정호가 펼쳐지는 변화무쌍한 풍경에 대한 서술을 시작한다. 수개월 동안 장맛비가 이어지는 음산하고 어둑한 동정호의 풍경과 그 동정호를 바라보는 사람들의 슬픈 심정을 먼저 기술하고, 이어서 맑고 화창한 봄날의 동정호의 풍경을 다음과 같이 묘사한다.

화창한 봄날 햇빛이 맑으며 물결이 일지 않을 적에는
위아래의 하늘빛이 만경萬頃에 달하도록 온통 푸르나니
모래밭에 갈매기들은 날아 모여들고
반짝이는 물고기들은 헤엄치고
언덕의 지초와 물가의 난초가 향기롭고 푸르구나.

자욱한 안개가 한번 개이고 밝은 달이 천리를 비추면
물에 뜬 달빛은 금빛으로 빛나고
고요한 달그림자는 마치 물속의 구슬이라,
어부들의 노랫소리가 서로 화답하니
이 즐거움이 얼마나 지극한가.
이 시절 누대에 오르면 가슴이 트이고
마음이 즐거워지나니
영욕을 모두 잊고 술잔을 잡아 바람을 대하여
의기양양 기뻐하는도다.

그런데 범중엄의 이 글은 동정호의 풍경을 장엄하거나 아름답게 묘사하는 데서 빛나는 것이 아니다. 글의 마지막 단락에서 그가 보여준 우환의식憂患意識 때문이다. 동정호의 풍경에 따라 때론 근심하기도 하고 때론 즐거워하기도 하는 우리네 보통 사람들의 얄팍한 정서적 반응과는 사뭇 다른 옛날 어진 사람의 근심과 즐거움을 이야기하고 있다.

아아! 내가 일찍이 옛 어진 이들의 마음가짐을 추구해보니,
이 두 가지 경우의 행위와 다른 것은 어째서인가?
외물外物 때문에 기뻐하지도 않고
자신의 처지 때문에 슬퍼하지도 않았으니,
조정 높은 자리에 있으면 그 백성들을 걱정하였고
강호 먼 곳에 머물면 그 임금을 근심하였으니,
이것은 나아가서도 걱정하고 물러나서도 걱정한 것이다.

그렇다면 어느 때에나 즐거워할 수 있었겠는가?
천하 사람들이 근심하기 앞서 먼저 근심하고
천하 사람들이 즐거워한 후에야 비로소 즐거워한다.
아! 이런 사람들이 없다면 내 누구와 함께 돌아가겠는가.

옛날 어진 사람들은 외물에 기대어 즐거워하거나 자신의 처지 때문에 슬퍼하지 않았다는 것이다. 그들은 온통 백성과 임금 생각뿐이다. 조정에 있어 뜻을 펼칠 때에는 물론이고, 실의하여 강호에 머물 때에도 온통 나라에 대한 걱정뿐이니 자신의 처지를 비관할 틈도 좋은 풍경을 찾아 즐길 여유도 없다는 것이다. 이것이 바로 북송시대 지식인들이 보여준 시대에 대한 우환의식이다. 그럼 평생을 그렇게 걱정만 하면서 살 것인가? 아니다. 천하 사람들이 다 즐거워한 뒤에 즐거워하면 된다. 천하의 걱정거리가 있으면 백성을 위해 앞장서서 그 문제를 해결해주고, 문제를 해결한 후에 그 공에 거하며 먼저 즐거워하지 않고 천하 백성들 뒤로 물러나 그들의 기쁨을 바라보며 비로소 즐거워한다는 것이다. 동정호가 내다보이는 찻집에 앉아 〈악양루기〉의 이 마지막 대목을 읽다 보면 동정호처럼 드넓은 가슴을 가졌던 옛사람들의 호연하고 낙낙한 모습이 떠올라 숙연해진다.

천하 사람들이 근심하기 앞서 먼저 근심하고,
천하 사람들이 즐거워한 후에야 비로소 즐거워한다
先天下之憂而憂，後天下之樂而樂。

호북성

1. 시선 이백의 각필 굴욕 역사 현장

— 무한(武漢, 우한) 황학루(黃鶴樓, 황허러우)

장강을 따라 시를 따라 떠도는 길, 동정호를 실컷 구경하고 악양시 북
단 성릉기에서 다시 장강을 만나 동으로 흘러가다 보면 호북성의 중
심도시 무한武漢을 만난다. 장강은 무한의 한복판을 흘러가는데, 장강
의 최대 지류인 한수漢水가 무한에서 장강과 합하여 흘러가므로 무한
을 강성江城이라 부르기도 한다. 무한은 예부터 교통의 요지로서 중국
에서 인구와 재화가 가장 많이 집중된 네 개의 도시를 일컫는 천하사
취天下四聚라는 말로 칭해질 정도로 번화한 도시다. 천하사취는 청나라
때 공업과 상업이 가장 발달한 네 곳의 도시, 북쪽으로는 북경, 남쪽으
로는 광동성 불산佛山, 동쪽으로는 강소성 소주蘇州, 중서부로는 무한
을 일컫는 말이다. 이 도시에서 한시를 따라 떠도는 우리를 가장 반갑

게 맞아주는 곳은 장강 남쪽 기슭 사산蛇山 꼭대기에 우뚝 솟아 있는 황학루다.

황학루의 전신은 삼국시대 오나라에서 세운 군사용 망루였다. 그런데 전쟁이 끝나고 천하가 안정되면서 군사용에서 관광용 누각으로 바뀌게 되었으니, 장강을 따라 여행하는 관리들과 상인들이 필히 들러서 노닐고 잔치하는 곳이 되었다. 당나라 때부터 큰 규모로 지어졌으며 쇠락과 중건을 수차례 거듭하면서 지금에 이르렀다. 황학루가 청나라 말기에 무너진 뒤 1957년 장강을 가로지르는 장강대교가 황학루의 옛 부지를 점용해버려서 1985년 본래 있던 자리에서 1킬로미터 떨어진 사산 정상에 중건되었다. 1981년부터 약 4년에 걸쳐 중건된 황학루는 5층 누각으로 전체 높이는 50여 미터인데 약 60미터 높이의 사산 정상에 있어서 아주 높이 우뚝 솟아 있다는 느낌을 준다. 황학이라는 명칭에 걸맞게 황색 유리 기와로 덮여 있는데, 날렵한 처마가 층층이 포개져 있어서 금방이라도 날개 치고 날아갈 것 같은 힘찬 기상이 느껴진다.

누각 이름에 황학이 붙게 된 데는 다음과 같은 재미있는 전설이 전해내려 온다. 옛날 옛적 지금 황학루가 세워진 이곳 사산 부근에 주막집 하나가 있었다. 주인 신씨 부부는 성실하고 친절해서 손님들이 모두 좋아했는데, 어느 날 이 주막집에 남루한 차림의 노인 하나가 들러 술을 한잔 청했다. 행색이 거지꼴이었지만 주인 내외는 개의치 않고 술을 내어 대접했다. 이후로 노인은 종종 들러 공짜 술을 마시고 갔는데, 여러 달이 지난 후에 다시 노인이 찾아와 말했다. "내가 도를 닦기 위해 멀리 남쪽으로 가려 하는데, 그간 밀린 술값을 계산하고 떠나려 하오." 그는 주머니에서 귤 껍질을 꺼내더니 주막집 벽에 누런 황

◆ 황학루

학 한 마리를 그렸다. 그리고 사람들이 박수를 치고 노래하면 그 장단에 맞추어 학이 벽에서 춤을 출 것이라 말하고는 표연히 떠나버렸다. 그 후로 노인의 말대로 학은 춤을 추었고 사람들은 그 학춤을 보기 위해 구름 떼처럼 모여들었다. 수년이 흐른 뒤 신씨 내외는 큰돈을 벌었는데, 어느 날 그 노인이 돌아와 퉁소를 불어 황학을 벽에서 불러낸 후에 그 황학을 타고 멀리 가버렸다. 신씨 내외는 이 도사를 기념하기 위해 누각을 세우고 이를 황학루라 칭했다. 황학루 주변에는 부속 건물들이 여럿 보이는데 유독 눈길을 끄는 누각 하나가 있다. 이름하여 '각필정閣筆亭', 붓을 놓아버렸다는 의미의 정자다. 황학루는 그 뛰어난 절경으로 인해 역대 수많은 묵객들이 찾아와 붓을 잡아 시를 쓰고 그림을 그린 곳으로 유명한데 어째서 하필 '각필'이며, 그것이 무에 그리 대단하고 기릴 만하여 정자까지 세웠단 말인가? 그 각필정 앞에 세워진 벽면에는 최호가 쓴 〈황학루〉라는 시가 활달한 행서체로 유려하게 새겨져 있는데, 바로 이 시 하나 때문에 '각필정'이라는 희한한 건물이 세워졌다. 황학루 1층에 들어서면 신선을 태운 거대한 황학이 누각을 배경으로 하늘을 훨훨 날아가는 대형 벽화가 조성되어 있어서 이 황학루의 전설을 말해준다. 이 전설로 최고 아름다운 율시律詩를 써낸 사람이 있다. 바로 이백으로 하여금 붓을 던지게 만든 당나라 시인 최호崔顥이다. 이제 황학루에서 가장 유명한 일화, 이백의 각필閣筆 고사를 소개한다.

시인 이백이 젊은 시절 이 황학루를 찾았다. 천하의 명승이라면 가리지 않고 찾아 마음껏 감상하고 마음껏 붓을 휘둘러 절창을 뽑아내던 이백이 이 천하의 승경 황학루에 올랐으니 이미 창작 의욕이 저 창자 속에서부터 꿈틀대고 있을 터였다. 그가 시상을 이리저리 구슬리면서 붓을 들어 먹물을 찍고 필봉을 다듬고 있을 때, 아직도 구절 하나가 미진하여 왼손으로 수염을 만지작거리며 최후의 퇴고를 하고 있을 그 시점에 한 사람이 시 한 수를 적어 이백에게 보이면서 말했다. "진사 최호가 이곳에 들러 지은 〈황학루〉라는 시입니다."

옛 사람 황학을 타고 가버리고
이곳엔 황학루만 남았구나
황학은 한번 가서 돌아오지 않고
흰 구름만 천년 세월 유유히 흐르누나
맑은 강 또렷한 한양의 나무들
향기론 풀 우거진 앵무주
날은 저무는데 내 고향은 어디메뇨
안개 자욱한 강가에서 나그네 시름겹구나

昔人已乘黃鶴去, 此地空餘黃鶴樓。
黃鶴一去不復返, 白雲千載空悠悠。
晴川歷歷漢陽樹, 芳草萋萋鸚鵡洲。
日暮鄕關何處是, 煙波江上使人愁。

이 시는 전반 4구의 황학루의 전설을 소재로 한 몽환적인 느낌과, 후반 4구의 황학루에서 바라보는 원경의 맑고 시원한 느낌, 저물어가는 강가에서 찾아오는 고향에 대한 그리움의 정서를 잘 교직하여 만든 수작이다. 형식적으로도 아주 독특한 구성이다. 전반 4구는 율시의 엄격한 규칙을 따르지 않고 물 흐르듯이 써낸 고체시 풍격이며, 후반 4구는 율시의 격률을 엄격하게 지켰으니, 반고반율半古半律의 창의적인 형식이다. 전반은 몽환적인 전설을 소재로 하여 고체와 잘 어울리고, 후반은 실경을 위주로 하여 율시와 잘 어울린다는 점에서 작가 최호의 고심이 묻어난다.

황학루 전설의 몽환적인 정서가 황학루 주변의 광활하고 시원한 풍경을 거쳐서 다시 저물녘 사향의 그리움의 맑은 정서로 이어지는 것이 물 흐르듯 자연스럽다. 실경과 허경의 결합, 근경과 원경의 교직, 고체와 율격의 조화, 전설의 몽환적 정서의 아득함이 사향 정서의 아득함으로 이어지는 수미상응首尾相應의 구성까지, 그래서 후대에 비평가들 중에는 이 시를 칠언율시 최고의 시로 평가하기도 한다. 과연 이백도 이 시를 보고서는 대단한 걸작임을 바로 알아차렸다. 그는 큰 소리로 이렇게 외치면서 붓을 던져버렸다. "눈앞에 이토록 멋진 경치를 두고도 시를 써낼 수 없으니, 이는 최호의 시가 위쪽에 있기 때문이로다眼前有景道不得, 崔顥題詩在上頭." 천하의 시인 이백의 굴욕의 역사다. 시선 이백의 붓을 꺾은 이 일로 인해 최호의 〈황학루〉는 천하를 진동했다. 그래서 급기야 황학루 부속 건물로 각필정까지 들어서게 된 것인데, 그 각필정 앞에 최호의 〈황학루〉를 새겨놓기까지 했으니 이백의 굴욕의 역사는 이 황학루 공간에서만큼은 영원히 계속될 것이다. 이 각필 고사는 후인들이 만들어낸 것이라는 일부의 주장도 있지만, 훗날 이백이 남경(금릉金陵)에 있는 봉황대에 올라서 지은 〈등금릉봉황대登金陵鳳凰臺〉라는 작품을 보면 최호의 〈황학루〉 구도를 그대로 활용하고 있으니 최호와의 관련성이 전혀 없지는 않은 것 같다. 〈등금릉봉황대〉의 첫 부분은 〈황학루〉와 아주 유사하다.

봉황대에 봉황이 노닐었더니

봉황은 떠나 누대는 빈 채로 강만 절로 흐르누나

鳳凰臺上鳳凰遊, 鳳去臺空江自流。

"옛사람 황학을 타고 가버리고/이곳엔 황학루만 남았구나/황학은 한번 가서 돌아오지 않고/흰 구름만 천년 세월 유유히 흐르누나", 최호의 이 〈황학루〉 네 구절을 이백은 두 구절로 축약했을 따름이다. 기본적인 구도가 완전히 일치한다. 그때 받았던 충격이 만들어낸 결과로 보아도 무방하지 않을까? 어쨌든 이백은 붓을 꺾고 황학루를 떠나버렸다. 혹자는 이 대목에서 "한 주먹으로 황학루를 박살내고 싶구나, 발길질 한 번으로 앵무주를 차 엎어버리고 싶구나一拳捶碎黃鶴樓, 一腳踢翻鸚鵡洲"라는 이백의 다른 시까지 인용하고 있지만 아무래도 너무 과하게 적용한 듯싶다. 이백의 각필이 주는 신선함 때문에 후인들이 만들어낸 이야기일 것이다.

이백의 굴욕이 서린 공간인 황학루, 하지만 이백에게도 회심의 일격이 있었으니 천고의 명편 송별시 〈황학루에서 양주로 가는 맹호연을 전송하며黃鶴樓送孟浩然之廣陵〉라는 칠언절구가 바로 이 황학루에서 탄생되었던 것이다.

내 오랜 벗이 황학루를 이별하고
꽃이 흐드러지는 삼월 양주로 가는구나
외로운 배 먼 그림자 푸른 하늘로 사라지고
보이는 것은 하늘 끝으로 흘러가는 장강의 물결뿐

故人西辭黃鶴樓, 煙花三月下揚州。
孤帆遠影碧空盡, 唯見長江天際流。

이백이 양주揚州로 가는 맹호연孟浩然을 전송하면서 지은 이 시는 준수한 젊은 이백이 그려낸 그림처럼 아름다운 송별시이다. 호북湖北 안륙安陸에서 신혼의 단꿈에 젖어 있던 20대 후반의 이백은 그곳에서 멀지 않은 양양襄陽에 살고 있던 유명한 시인 맹호연을 알게 되었다. 맹호연은 이백보다 열두 살 연상이었으나 둘은 아주 절친한 벗이 되어 시로 창화하며 행복한 교유를 하였다. 이백은 맹호연을 너무나 존경하여 〈증맹호연贈孟浩然〉이라는 시를 그에게 바쳤는데, 이 시에서는 "천하의 풍류남 맹 선생님, 저 이백이 사랑합니다吾愛孟夫子, 風流天下聞"라고 애정을 직접 고백하기도 했고, "그대의 높은 산을 어찌 오를 수 있으랴, 예서 그저 맑은 향기를 맡을 뿐이라네高山安可仰, 徒此揖淸芬"라며 맹호연에 대한 숭모의 마음을 숨김없이 드러내기도 했다.

어느 해 봄날, 맹호연이 강남의 명소인 양주로 여행을 떠난다는 말을 듣고 이백은 그를 전송한다는 구실로 호북성 동남단에 위치한 무한까지 따라가서 함께 노닐었다. 그리고 얼마 후에 황학루에서 맹호연을 전송한다. 두 사람 모두 이름난 대시인이었으니 최고의 송별시는 예약된 것이나 다름 없었다. 계절은 백화가 만발한 춘삼월이었고 친구는 강남 최고의 도시 양주로 흥분과 설렘을 안고 여행을 떠나려 하고 있었다.

얼마나 그림같이 아름다운 송별시인가. 장강 변에 전설처럼 아름답게 우뚝 서 있는 황학루, 연화삼월의 강남 꽃 향기가 시 밖으로 물씬물씬 풍겨져 온다. 풍류가객과 절세가인들이 넘쳐나는 강남 양주로 가는 벗에 대한 부러움이 제2구에 가득하다. 함께 갈 수만 있다면 얼마나 좋으랴. 이제 벗은 배를 타고 황학루를 떠났다. 하지만 이백은 전별의 장소를 떠나지 못한 채 맹호연이 탄 배를 하염없이 바라보고 있다. 그의 배가 푸른 하늘 속으로 가물가물 사라져 소멸될 때까지 말이다. 그리고 마침내 하늘 끝에 아무것도 보이지 않게 되었을 때 이백은 스스로 장강의 물결이 되어 하늘 끝까지 맹호연을 따라간다. 맹호연이 탄 뱃전을 두드리는 물결에 담긴 이백의 정회가 얼마나 가슴 벅차게 하는가. 물론 이 시를 전별 자리에서 지어 맹호연에게 준 것이라고 한다면 후반 2구는 맹호연을 보낸 후의 이백의 모습을 예견하여 쓴 게 될 것이다. 이 시 구절을 읊으면서 맹호연은 또 몇 번이나 고갤 돌려 황학루를 바라보았을까? 그리고 그리움의 강물 되어 뱃전에 부딪는 이백의 마음의 물결에 또 얼마나 감동하며 행복해했을까?

2. 소동파가 청풍과 명월을 따라 노닐던 땅
— 황강(黃岡, 황강) 동파적벽(東坡赤壁, 똥포츠삐)

이백 같은 멋스러운 친구의 전송은 없어도 양주로 가는 맹호연처럼 부푼 마음으로 장강 물결을 따라 다음 여정을 향해 간다. 이번에는 무한에서 동쪽으로 1시간 거리 떨어져 있는 황강시黃岡市의 동파적벽이다. 소동파가 남긴 최고의 작품 〈적벽부〉가 탄생한 공간이니 시를 따라 떠도는 여행길에서 빼놓을 수 없는 곳이다. 동파적벽은 황강시 황주구黃州區에 속해 있는데, 이 황주는 소동파의 파란만장한 인생역정에서 빼놓을 수 없는 공간이다. 40대 중반에 이른 소동파는 왕안석의 신법에 반대하다가 옥에 갇혀 고초를 겪고 하루아침에 태수의 신분에서 단련부사團練副使라는 미관말직으로 좌천되어 황주에 유배되었다. 천재 시인이요, 훌륭한 목민관으로서 황제의 신임과 백성들의 사랑을 독차지하던 소동파가 죄인의 몸이 되어 황주라는 궁벽한 유배지에 갇히게 되었으니 그 상실감과 무력감이 오죽했겠는가! 그가 황주에 도착한 뒤에 쓴 〈안국사기安國寺記〉라는 글에 그 시기 그의 마음의 풍경이 오롯이 보인다.

2월에 나는 황주 귀양지에 도착하여 숙식 문제가 대충 해결된 후로는, 문을 닫아걸고 외부와의 관계를 끊고, 내 놀란 혼백을 가다듬기 시작했다. 그리하여 앞으로 새 삶을 어떻게 꾸려나갈 것인지 깊이 생각하였다. 난 여태까지 충동적으로 행동하고, 중용의 도리를 지키지 못했다. 이제 나는 어디서부터 시작해 더듬어 찾아가야 할지조차 막막하다. 깨끗하게 새로 출발하기 위해서는 불도에 헌신함이 좋지 않겠는가. 나는 마침 성 남쪽의 안국사라는 조용하고도 아름다운 절을 찾아냈다. 이 절은 키 큰 나무들과 대나무에 둘러싸여 있고, 주위에는 못과 정자들이 있다. 사흘마다 나는 그곳에 가서 향을 피우고 조용히 명상에 잠기곤 한다. 그곳에서 나는 자아와 무아의 경계까지도 망각할 수 있어 아주 깨끗하게 빈 마음이 된다.

쇠약해진 심신을 종교적 명상으로 달래며 안정을 찾아가던 소동파가 또 한편으로 기대었던 것은 황주의 뛰어난 자연 풍광이었다. 황주 동쪽 언덕에 있는 황무지 '동파東坡'를 개간하여 호구지책을 마련함으로써 가족들의 생계가 어느 정도 안정이 되자, 소동파는 본격적으로 자연을 찾아 노닐며 그간 정치적 좌절로 인해 잃어버렸던 삶의 기쁨을 회복하는 데 주력하였다. 소동파의 최고의 작품으로 꼽히는 〈적벽부赤壁賦〉는 유배지라는 극도의 궁벽한 삶에서조차 포기할 수 없는 생의 기쁨을 찾아가는 동파의 모습이 선명하게 그려진 작품이다.

> 임술년 가을 7월 16일 밤
> 소식이 객과 더불어 배를 띄워 적벽 아래에서 노닐었더라.
> 맑은 바람이 천천히 불어 물결이 일지 않는지라
> 술을 들어 객에 권하며 명월의 시를 노래하였더라.
> 이윽고 달이 동산 위로 떠올라
> 북두성과 견우성 사이를 배회하니
> 흰 이슬이 강에 자욱하게 내려 물빛이 하늘에 이어졌더라.
> 일엽편주를 배가 가는 대로 내버려두었더니
> 아득히 넓은 만경창파를 건너가는구나.
> 넓고 넓구나, 허공을 날아올라 바람을 타고 가는 듯
> 어느 곳에 멈출지 알 수가 없구나.
> 가볍게 나부끼는구나, 속세를 버리고 홀로 우뚝 서서
> 날개를 달고 선계에 오른 듯하구나.

〈적벽부〉는 〈전적벽부〉와 〈후적벽부〉 두 편으로 구성되어 있는데, 이 대목은 〈전적벽부〉의 첫 단락이다. 청풍과 명월이 수놓은 몽환적인 가을밤, 마음껏 자유를 누리고 있는 시인의 모습이 마냥 행복하다. 얼마나 구속된 삶이었던가. "내 삶을 내 마음대로 주장할 수 없는 내 신세여!"라고 늘 탄식하던 동파가 아니었던가. 그 부자유한 삶이 청풍과 명월의 도움으로 자유의 날개를 달고 마음껏 날아오르는 것이다. 청풍이 찾아와 동파는 그 청풍에 잘도 어울리는 벗, 명월을 부른다. 명

◆ 황강 동파적벽

월은 동파가 부르는 노랫소리에 응하여 찾아오고 달빛을 강물에 풀어 하늘 길을 연다. 청풍에 내맡긴 동파의 배가 달빛 길을 타고 하늘로 날아올라 훨훨 자유롭게 노닌다. 마치 겨드랑이에 날개가 돋아 훨훨 날아 선계에 오른 신선처럼 동파는 세속의 갑갑한 구속으로부터 벗어난다. 청풍과 명월에 대한 동파의 생각이 〈전적벽부〉 후반에 그려져 있다.

천지 사이의 모든 사물은 각기 주인이 있는 법

내 것이 아니라면 털끝만 한 것이라도 사양하겠노라.
오직 강 위에 불어가는 맑은 바람과
산 사이에 뜨는 밝은 달은
귀로 들으면 아름다운 음악이 되고
눈으로 보면 아름다운 그림이 된다네.
취하여도 금하는 이가 없고
쓰고 써도 다함이 없는 것이니
바로 조물주가 주신 끝없는 보배가 아닌가.

청풍과 명월이라는 조물주가 허락한 무진한 보배를 누리는 삶은 결코 누추하지도 않고, 가난하지도 않다는 것이다. 풍요로운 물질문명의 온갖 혜택을 누리면서도 늘 결핍과 불만을 느끼며 살아가는 우리와는 달리 동파는 가난하고 자유롭지 못한 유배지의 궁핍한 환경 속에서도 풍요를 마음껏 누리며 행복한 글을 쓰고 그림을 그렸다. 달빛 밝은 어느 날 밤, 황주에 있는 승천사라는 절을 찾아가 노닌 〈기승천사야유記承天寺夜遊〉라는 짧은 글은 동파의 맑은 행복의 진수를 보여준다.

원풍 6년 10월 12일 밤
옷을 벗고 잠자려 하는데 달빛이 창으로 비쳐 들어와 기뻐 일어나 이리저리 거닐었다. 더불어 즐길 이가 없어 승천사로 장회민張懷民을 찾아갔다. 그 역시 아직 자지 않고 있어서 함께 절 뜰을 산책했다. 뜰은 마치 수초 그림자가 어른거리는 투명한 연못 같아 보인다. 사실은 달빛에 대나무와 잣나무들의 그림자가 비친 것이다. 어느 밤인들 달이 없으랴, 어느 곳인들 대나무 잣나무가 없으

라. 다만 우리 두 사람처럼 한가로운 사람이 없을 뿐이로다.

동파의 시와 글을 따라서 찾아간 동파적벽, 무한에서 70여 킬로미터 떨어져 있는 동파적벽에는 청나라 강희 연간에 세운 고건축물들이 소박하고 고풍스럽게 솟아 있어서 나그네를 반긴다. 전후 〈적벽부〉를 적은 이부당二賦堂, 동파의 시와 초상이 남아 있는 파선정坡仙亭, 수선정睡仙亭 등 여러 건물을 일람하고 나면 딱히 더 감상하고 즐길 만한 풍경이나 유적이 없다. 〈적벽부〉에서 묘사된 망망대해 같다던 강물은 어디에 있는가. 어지러운 봉우리 하늘을 뚫고, 놀란 파도가 강기슭을 찢던 장관은 어디에도 없다. 장강의 물줄기가 바뀐 탓이다. 천년 세월이 적벽에서 강을 떼어내 데려가버렸다. 적벽 아래 조그만 연못 하나가 남아 과거의 영화를 희미하게 전해주고 있을 뿐이다.

적벽 가장자리에 서서 〈적벽부〉를 불러본다. "청풍서래, 수파불흥淸風徐來, 水波不興." 순간 어디선가 맑은 바람이 불어오고 망망한 바다 같은 수면이 펼쳐지며 달을 부르는 노랫소리가 흥겹게 들려온다. 그 옛날 시인들이 아름다운 자연에 기대어 자신의 시를 완성했듯이 이제 늙고 수척해진 자연이 시인들의 시를 빌려서 자신의 옛 영화를 전한다. 이곳 적벽에 불어갔던 바람, 넘쳤던 달빛, 그리고 그 청풍과 명월 사이에서 유유자적 행복했던 사내를 품었던 적벽의 영화로운 시절을 전해준다.

강 서 성 ⁵장

6,300여 킬로미터를 굽이굽이 흐르는 장강은 청해성의 발원지로부터 삼협댐이 있는 호북성의 의창까지 4,500킬로미터나 되는 긴 구간인 상류, 의창에서 강서성의 호구湖口까지 955킬로미터 구간인 중류, 호구에서 바다로 빠지는 곳까지 938킬로미터 구간인 하류로 나뉜다. 중류와 하류의 분기점이 되는 호구는 중국에서 제일 큰 담수호인 파양호鄱陽湖의 물이 장강으로 들어가는 입구라는 뜻이다. 이 호구에서 멀지 않은 곳 강서성 최북단에 심양潯陽, 시상柴桑, 강주江州 등으로 불린 오래된 역사문화도시인 구강九江이 있다. 호남, 호북, 강서, 안휘의 교차지에 있기 때문에 예부터 교통의 요지로 중시되어서 '천하의 눈썹과 눈에 해당하는 땅天下眉目之地'으로 불려왔다.

이 구강에서 가장 유명한 명승지는 시의 산으로 불리는 여산廬山이다. 여산은 강서성 북부 막부幕阜산맥의 동단부를 이루는 명산으로, 광산匡山으로도 불린다. 높이는 약 1,600미터다. 381년 진나라의 고승

◆ 여산

혜원慧遠이 입산하여 여산을 수행도량으로 삼은 이래로 중국 정토종淨土宗의 성지가 되어 수많은 사찰이 들어서고 고승과 묵객들이 끊임없이 찾아와 많은 일화와 시화詩畵를 남겼다. 동림사東林寺의 백련사지白蓮寺址, 서림사西林寺의 고탑, 주자가 경학을 강론한 백록동白鹿洞 서원, 도연명이 살았던 정절靖節서원, 이백이 '비류직하삼천척飛流直下三千尺'이라고 읊은 폭포천瀑布泉 등이 유명하다. 대부분의 사찰은 청나라 말기 태평천국의 난 때 소실되고, 동림사와 서림사를 비롯한 40여 개의 절이 현존한다.

1. 동파의 담장 낙서로 명찰名刹이 된 절
　― 여산(廬山, 루산) 서림사(西林寺, 시린스)

서림사는 여산의 오래된 고찰이다. 고승 혜원이 30년 동안 주지로 있었던 이 고찰은 세월을 따라 부침을 거듭하면서 쇠락했지만 오래된 고탑이 아직도 높이 솟아 있어 건재함을 보여준다. 이 서림사가 유명하게 된 데는 이 사찰 안에 북송 최고의 시인으로 시, 서, 화 각 방면에서 뛰어난 성취를 보여준, 우리나라 고려조에서 특히 추앙을 받았던 소동파의 〈제서림벽題西林壁〉이라는 시가 있기 때문이다. '서림사의 벽에 시를 쓰다'라는 뜻의 이 칠언절구는 동파가 40대 중반 정치적 핍박을 받던 시절, 벗과 함께 여산에 올랐을 때 쓴 것이다. 여산을 두루 유람하면서 몇 편의 시를 썼는데, 이 시는 여산 유람의 총결인 셈이다.

가로로 보면 산맥이요 옆에서 보면 봉우리라

원근고저 각기 다른 모습이구나

여산의 진면목을 알 수 없는 것은

내 몸이 이 산속에 있기 때문이 아닌가

　横看成嶺側成峰, 遠近高低各不同。

　不識廬山真面目, 只緣身在此山中。

여산의 뛰어난 명승을 두루 유람하면서 그 기이함과 수려함을 마음껏 감상하던 소동파는 그 천재적인 필력으로도 여산의 모습을 일괄해 낼 수 없었다. 남북으로 뻗은 여산은 멀리서 가로로 보면 산맥처럼 이어지는데, 가까이 다가가 곁에서 보면 높은 봉우리가 된다. 높은 데서 내려다보는 풍경과 낮은 데서 올려다보는 풍경이 각기 다르다. 웅雄, 웅장한 산세, 기奇, 기이한 봉우리, 험險, 험한 절벽, 수秀, 수려한 폭포, 각각의 절경이 만들어내는 무한한 감동이 사람을 극히 황홀하게 한다.

시인으로서 천재적인 재주를 자부하던 소동파가 이 무한한 변주의 감동적인 풍경을 만들어내는 여산 유람을 일괄할 수 있는 시구를 써 내고 싶어 했던 것은 당연한 일이었을 것이다. 원근고저, 멀리에서 가까이에서, 높은 데서 낮은 데서, 소동파는 자신의 뛰어난 감각과 표현력으로 여산의 진면목을 묘파하려고 무진 애를 썼을 것이다. 하지만 애를 쓰면 쓸수록 여산의 진면목은 숨어버리고 그의 필설의 형용에 걸려든 것은 그저 여산의 한 부분일 뿐이었다. 자신의 언어의 한계를 절감한 시인이 어느 한순간 깨닫는다.

"오호라! 여산의 진면목을 끝내 알 수가 없던 까닭이 바로 내가 이 여산 속에 있었기 때문이로구나! 내가 여산 곳곳에서 바라본 모든 풍경은 그저 여산의 한 조각이었을 뿐, 내가 여산 속에 머무르는 한 나는 끝내 여산의 전체 모습을 볼 수 없는 것이로구나!"

이러한 깨달음에서 이 시는 단순한 사경시寫景詩가 아닌 심오한 철리시哲理詩로 바뀐다. 여산의 진면목을 이해하기 위해서는 우선 그 여산으로부터 벗어나야만 한다는 것, 어떤 일이나 상황에 대해 객관적이고 전면적인 이해를 얻기 위해서는 그 일이나 상황에서 물러나서 거리를 유지해야 한다는 것이다. 이른바 '당국자미, 방관자청當局者迷, 旁觀者淸', 즉 "일에 마주한 당사자는 헤매는데, 오히려 옆에서 바라보는 방관자가 분명하다"라는 삶의 보편적인 이치다. 우리가 삶에서 경험하는 이러한 보편적인 이치를 소동파는 여산 유람을 노래한 이 짧은 시를 통해 아주 멋스럽게 전해준다. 그래서 사람들은 복잡한 문제를 만나 쩔쩔매고 있는 당사자들에게 이 시구를 빌려서 문제에 집착하지 말고 거리를 둘 것을, 흥분을 가라앉히고 객관적인 태도를 유지할 것을 주문하기도 한다.

"여보게, 여산 진면목을 보지 못하는 까닭은 그 자신이 여산 속에 있기 때문이라고 했네. 자네가 처해 있는 상황의 진실을 보려면 그 상황으로부터 일단 벗어나야 하지 않겠는가!"

한편 소동파의 파란만장한 삶을 들여다보면 어쩌면 이 시는 동파의 인생역정에 대한 깨달음을 표현한 것은 아닐까 하는 생각이 들기도 한다. 천재 시인이자 뛰어난 행정가로 젊어서부터 줄곧 황제와 백성들의 사랑과 존경을 받았던 그가 신법을 주창한 왕안석 일파에 의해 조성된 새로운 정치 질서 속에서 결국 음해를 입고 옥에 갇히고 유배에 처해지는 파란만장한 인생의 우여곡절을 겪었다. 고난의 여정은 지금도 한창 현재진행형이다. 유배지를 떠돌면서 동파는 자신의 삶에 대해 숱하게 많은 질문을 던졌을 것이다.

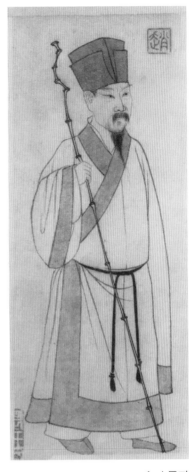

◈ 소동파

"내 인생이 무엇과 같을까? 내 인생은 산맥일까, 봉우리일까? 그것은 결국 어디서 어떻게 보느냐일 뿐이다. 원근고저 다 다른 결론이 나올 테니까. 누군가는 나를 산맥으로, 누군가는 나를 봉우리로 보겠지. 어떤 시절의 내 모습은 산맥처럼 웅대했고, 또 어떤 시절은 봉우리처럼 고고했겠지. 나와 먼 사람이 나를 보는 것, 나와 가까운 사람이 나를 평가하는 것, 높은 지위의 황제가 나를 보는 것, 낮은 신분의 백성들이 나를 평가하는 것, 모두가 각기 다를 것 아닌가. 그 어느 것이 진정한 나라고 할 수 있으랴. 모두가 나의 일면만을 드러내는 것일 뿐이다. 결국 내 인생도 이 여산과 같아서 내가 이 인생 밖으로 나서기 전까지는 그 진면목을 끝내 알 수 없으리라. 그러니 어느 한 시절 내게 주어진 부정적인 평가에 너무 애면글면 조바심할 것이 없는 것 아니냐. 내 인생의 진면목은 내 삶이 다한 후에야 비로소 진실하게 드러날 것이다!"

한참 세월이 흘러 65세의 노인이 된 소동파가 멀고 먼 해남도 귀양지에서 유배를 끝내고 가족의 품으로 돌아오는 귀로에서 있었던 일이다. 동파가 가족들이 있는 상주常州와 멀지 않은 진강鎭江에 도착했을 때 당시 유명한 화가가 늙고 병든 동파의 초상화를 그렸다. 자신의 그림을 바라보던 동파는 붓을 들어 그 그림 옆에 〈금산에서 그려준 내 초상화에 시를 쓰다 自題金山畫像〉라는 시를 적었다.

마음은 이미 재가 된 나무
몸은 매이지 않은 배
그대 평생 쌓은 공업이 무엇이뇨
황주, 혜주, 담주라네
心似已灰之木,　身如不系之舟。
問汝平生功業,　黃州惠州儋州。

생의 마지막 단계에서 지은 시다. 모든 욕망도, 회한도 사라진 평담한 마음으로 자신의 삶을 들여다보는 시인의 모습에서 이미 여산이라는 인생 밖으로 나와 있는 듯한 모습을 보게 된다. 그림 밖에 있는 늙고 병든 동파가 그림 속에 있는 동파를 향해 묻는다.

"참 늙기도 퍽 늙었구려. 어딜, 무얼 찾아 떠돌아 그리 폭삭 삭았소? 어디 한번 나한테 말해보시오. 그대 이제 곧 세상 밖으로 나갈 모양인데, 이제야 당신의 삶의 진면목이 보일 텐데, 어디 한번 말해보시오. 당신의 평생에 자랑할 만한 공업이 무엇이오?"

그러자 그림 속의 동파가 심드렁하게 답한다.

"공업은 무슨 공업이오? 평생 황주, 혜주, 담주 유배지를 떠돌았거늘."

그림 밖의 동파가 따뜻한 손을 내밀어 그림 속 동파의 쭈글쭈글한 손을 잡고 고개를 저으며 말한다.

"아니오. 그렇게 말할 게 아니오. 내 일생에서 황주, 혜주, 담주의 유배 시절이 없었다면 어떻게 동파의 시가, 동파의 글이, 동파의 그림이 나올 수 있었겠소? 유배 당시야 그것이 고통스러운 시절이었지만 이제 내 인생을 다 둘러보니 그 시절이야말로 나를 진정으로 키우고 완성시킨 보배로운 시절이었소."

그러자 그림 속 동파가 빙그레 웃으며 화답한다.

"그거야 그렇지. 그럼 나한테 다시 물어보시오."

"당신 평생의 자랑이 무엇이오?"

"내 평생의 공업, 내 일생의 자랑을 알고 싶거든 내가 절망의 땅 황주, 혜주, 담주 유배지에서 무엇을 했는지 보면 될 것이오!"

깊은 주름살이 펴지도록 환히 웃는 늙은 동파가 생의 마지막 단계에서 지은 이 시에서 비로소 동파 자신의 삶의 진면목이 드러난다. 그것은 그가 삶의 욕망과 회한에서 벗어날 수 있었으니 가능했던 것이다. 타버린 재와 같은 마음, 매이지 않은 몸은 바로 인생의 속박에서 벗어난 자유로운 삶을 말하는 것이니 말이다.

40대 중후반에 여산에 들러 자신의 삶의 진면목을 묻던 시인, 삶을 떠나기 전까지는 알 수 없다던 시인은 삶을 거의 떠날 즈음에 이르러 여산의 언저리, 삶의 경계에서 비로소 자신의 삶의 진면목을 어렴풋하게 들여다볼 수 있었던 것은 아니었을까? 여승에게 길을 물어 찾아간 서림사의 담벼락에서 동파의 이 제벽시를 감상하던 오래전 일이 떠오른다. 유서 깊은 고찰의 그 유명한 시벽詩壁을 마주하니 마치 동파를 직접 만난 듯 감동이 제법 깊어져서 오랫동안 그곳에 머물러 있었다. 저물녘, 절 뜨락 가득 울리는 예불 소리를 들으면서 시 한 수 써서 마음의 여운을 갈무리하였다.

들꽃을 따다가 서림사를 물었더니

여승은 합장하며 시벽을 가리키는구나

저물녘 절 뜰엔 독경 소리 가득한데

나 또한 벽을 향해 향불 하나 사르고 싶구나

採擷野花問西寺, 女僧合掌指題墻。

晚來廟院梵聲滿, 我亦欲燒向壁香。

— 김성곤, 〈과서림사過西林寺〉

2. 국화 따며 산노을 바라보는 시인의 마을
— 여산 도연명기념관(陶淵明紀念館, 타오위엔밍지니엔관)

소동파가 특별하게 흠모하는 시인이 있었다. 이백도 두보도 아니다. 그가 오직 흠모했던 시인은 전원시인으로 유명한, 위진남북조시대 동진 사람 도연명이다. 도연명에 대해 소동파는 다음과 같이 말했다.

나는 시인들에 대하여 좋아하는 바가 없다. 오직 도연명의 시만을 좋아하는데, 그는 시 작품이 많지 않다. 도연명의 시는 조식曹植, 유정劉楨, 포조鮑照, 사령운謝靈運, 이백李白, 두보杜甫 등 여러 시인들 모두가 미치지 못한다. 내가 전후로 그의 시에 화운한 것이 모두 109편인데, 그 뜻을 터득한 점에 있어서 도연명에게 심히 부끄럽지는 않으리라 생각한다. 하지만 내가 도연명의 시문만을 좋아하겠는가? 그 사람 됨됨이의 경우에도 실로 느끼는 바가 많다.

— 소식, 〈추화도연명시인 追和陶淵明詩引〉

그를 얼마나 좋아했으면 도연명의 거의 모든 작품에 화운和韻(남이 지은 시의 운자를 써서 화답하는 시를 지음)을 했을까? 이 소동파가 유일하게 존경하며 흠모했던 시인 도연명의 고향이 바로 이 여산 자락에 있다. 여산은 도연명을 낳고 도연명의 시를 길러낸 어머니이다. 도연명의 아름다운 전원시에 종종 등장하는 '남산'은 바로 이 여산을 가리킨다. 도연명의 자전적인 글 〈오류선생전五柳先生傳〉을 보면 도연명의 모습이 어떠한가를 일별할 수 있다.

선생은 어디 사람인지 알 수 없고 그 이름도 자세하지 않다. 집 주변에 다섯 그루 버들이 있어서 그것을 따서 호를 삼았다. 조용하고 말이 없으며 부귀영화를 사모하지 않았다. 독서를 좋아하였으나 깊이 따지지 않았으며, 매번 깨우침이 있으면 식사를 잊을 정도로 기뻐하였다. 성품은 술을 좋아하였으나 집안이 가난하여 늘 얻을 수가 없었다. 친구들이 이를 알고 간혹 술자리를 마련하여 그를 부르면, 가서 마시는데 반드시 취할 때까지 진탕 마셨다. 취한 후에는 물러나는데 일찍이 가고 머무름에 미련을 두지 않았다. 누추한 집은 쓸쓸하기만 한데 바람과 햇빛을 가리지 못하였으며 짧은 베옷을 기워 입고, 밥그릇 국그릇은 늘 비었으나 편안하였다. 항상 글을 지어 즐기며 자못 자신의 뜻을 보여주었다. 득실을 잊고 이렇게 살다 삶을 마쳤다.

이 글에서 묘사된 오류 선생은 도연명 자신의 모습이다. 부귀영화를 사모하지 않고 안빈낙도의 삶을 살아낸 도연명, 그러한 삶으로 써낸 시를 한마디로 말하자면 '진실함眞'이다. 도연명의 일생은 진실함을 지켜내기 위한 싸움이었다. 누구나 꿈꾸는 벼슬길로 나아갔어도 그것이 진실한 삶을 위협하게 되면 언제나 관인을 내팽개치고 전원으로 돌아왔다. 전원은 비록 황무지처럼 거칠고 가난하고 불편한 곳이었지만 '수졸守拙(소박하고 진실된 본연의 모습을 지키다)'할 수 있는 공간, 하늘이 허락한 거짓되지 않은 참된 성정을 지켜낼 수 있는 공간이었던 것이다. 그는 이 공간에서 진실하고 소박한 삶을 시로 써냈다. 그 진실한 시들이 전하는 감동은 천육백 년 넘는 긴 세월을 지나서도 여전히 현재진행형이다.

　도연명의 시를 읽을 때 오로지 그 참됨을 취할 뿐이다. 일이 참되고, 경치가 참되고, 감정이 참되고, 이치가 참되어 번거롭게 줄치고 깎지 않아도 저절로 들어맞는다.

— 방동수方東樹, 〈소매첨언昭昧詹言〉

　사람들은 늙음을 탄식하고 비천함을 탄식하여 병도 없이 신음한다. 불평을 드러낸 많은 말이 대부분 실제 상황을 부풀린 것이니 가볍게 믿을 게 못 된다. 그러나 도연명은 믿지 않을 수 없으니 그는 가장 진실한 사람이었기 때문이다. 우리는 그의 전체 작품으로 이를 보증할 수 있다.

— 양계초梁啓超, 〈도연명의 문예와 그 품격陶淵明之文藝及其品格〉

　이 멋진 시인 도연명을 빚어낸 여산, 성스러운 어머니와 같은 여산에 바치는 최고의 노래, 도연명의 작품 중에서 가장 이름 높은 시 〈음주〉 제5수를 보자.

사람들 사는 곳에 오두막집 엮었으나

수레와 말의 시끄러움이 없도다

묻노니 그대는 어떻게 그럴 수 있는가

마음이 멀어지니 땅은 절로 외지는 법

동쪽 울 아래에서 국화를 따다가

멀리 남산을 바라본다네

산 기운 저녁 되어 아름다운데

나는 새들 더불어 돌아간다네

이 가운데 참뜻이 있으려니

따져서 말하려다 이미 말을 잊었노라

結廬在人境 而無車馬喧。

問君何能爾 心遠地自偏。

採菊東籬下 悠然見南山。

山氣日夕佳 飛鳥相與還。

此中有眞意 欲辯已忘言。

이 시에는 음주와 관련된 내용이 없다. 그런데 왜 '음주'라는 제목을 붙였을까? 그 까닭을 이 시의 서문을 보면 알 수 있다.

    나는 한가하여 별 기쁜 일이 없었는데, 거기다 가을밤이 이미 길어졌다. 우연히 좋은 술이 생겨 저녁이면 으레 그것을 마신다. 내 그림자를 돌아보며 혼자서 다 마셔버리면 어느 틈에 또 취한다. 취해버린 후에는 곧 몇 구절을 써서 혼자 좋아하고는 했다. 쓴 종이가 마침내 많아지고 글에 차례가 없어 잠시 그것들을 정리해서 친구들에게 주니 즐겁게 웃어볼 거리로 삼는 것일 따름이다.

음주 후 취하여 쓴 작품 시리즈인 것이다. 서문을 보면 마치 낙서처럼 두서없이 쓴 것 같지만, 이 음주 시들이야말로 도연명 시 중에서 최고의 작품으로 인정되고 있으니, 과연 명작은 '취여불취지간醉與不醉之間'에서 나온다고 하는 말이 도연명에게서도 실증되고 있는 것이다. 왕희지가 취여불취지간에서 써낸 것이 행서의 신품으로 일컬어지는 〈난정집서〉이며, 이백의 대표작인 〈장진주〉 역시 그의 몽롱한 취기가 빚어낸 신품 아니겠는가. 어쩌면 술은 도연명이 그토록 추구했던 진실한 삶으로 안내하는 또 하나의 빛이었으니, 도연명은 그 빛의 조명 속에서 순간적으로 명멸하는 삶의 진실을 발견한 것인지도 모른다.

이 작품의 전반 4구는 도연명의 삶의 모습을 단적으로 보여준다. 그는 세속에 살고 있지만 세속에서 지고한 가치로 여겨지는 부귀영화에 전혀 관심이 없다. '수레와 말'은 바로 부귀영화의 상징이다. 그런 그의 모습은 마치 세속을 떠나 깊은 산속에 살고 있는 세상을 등진 은자의 모습이다. 사람들이 묻는다. "그대는 세속에 살면서도 어떻게 세속의 가치를 부정하며 사는가? 혹시 그대의 삶은 위선이 아닌가? 군자연, 은자연하는 위선자의 모습은 아닌가? 혹시 위선은 아닐지라도 이렇게 살면 너무 고달프지는 않겠는가? 차라리 그럴 바에야 깊은 산중으로 들어가 은자의 세계에서 은자답게 사는 것이 낫지 않겠는가?" 세속의 질문에 도연명이 답한 것이 제4구다. "마음이 멀어지면 땅은 절로 외지는 법." 내가 비록 세속에 몸을 두고 있으나 마음이 부귀영화에서 이미 멀어져 있으니, 내가 사는 곳이 어디든, 그곳이 화려한 왕궁이든, 복잡한 저잣거리든, 그곳은 내게 저 깊은 산중과 다를 것이 없

◈ 도연명

다. 은자들이 깊은 산중 외진 곳을 찾는 것은 세속의 가치로부터 자신을 지키기 위함인데, 나는 이미 세속의 가치에서 마음이 멀어졌으니 구태여 깊은 산중을 찾을 필요가 없다는 말이다.

도연명의 이런 차원은 은거의 최고 경지이다. "작은 은자는 산림에 살고, 큰 은자는 저잣거리나 조정에 산다小隱在山林, 大隱於市朝"라는 말이 있지 않은가. 저자라면 재물의 욕망, 조정이라면 권력의 욕망이 득실대는 곳이다. 이런 곳에 살면서도 마음이 재물과 권력에 오염되지 않아

마치 심산유곡에 거하듯 고요하게 살아가는 자가 바로 '대은大隱'인 것이다. 이런 관념에서 "저자에서 숨어사는 은자"라는 뜻의 '시은市隱', "조정에서 숨어사는 은자"라는 뜻의 '조은朝隱'이란 말도 나왔다.

그럼 이제 대은 도연명의 살아가는 모습을 한번 들여다보자. 마침 가을 날, 도연명이 살고 있는 집 동쪽 울타리 안쪽에 국화가 가득 피었다(국화는 석양에 비칠 때 가장 아름다워서 집 마당에 심을 때는 석양이 잘 비치는 동쪽 울타리 밑에 심는다). 새로 얻은 술에 띄워 마실 요량으로 새로 핀 국화 두어 송이를 땄다. 삽상한 국화 향기를 맡으니 이 꽃을 술에 띄우면 또 술은 얼마나 향기로우랴. 마음이 벌써 취한 듯 훈훈해진다. 이런 삶이면 이미 족하지 않은가! 여유로운 마음으로 빙 둘러보는 시인의 시야에 어머니 같은 여산이 들어온다. 어머니는 고운 저녁놀을 배경으로 시인보다도 더 여유롭게 시인을 굽어보고 있다. 그리고 그 자애로운 어머니의 품으로 저녁 새들 쌍쌍이 돌아가고 있다. 국화 향기 그윽한 가을날 저녁, 아름답게 노을 지는 여산으로 새들이 돌아가는 모습을 하염없이 바라보던 시인, 시인 스스로 풍경이 되어 산이 되고 새가 되고 자연이 된 듯, 물아일체物我一體, 물아양망物我兩忘의 오묘한 경지에 들었던 것일까? 순간의 빛처럼 명멸하면서 사라진 인생의 참된 의미, 바로 이것이로구나! 내가 그토록 갈구했던 인생의 참된 의미 말이다! 이 인생의 심오한 비의를 어찌 누추한 말로 표현할 수 있으랴.

시인은 언어를 내려놓는다. 장자가 말한 대로 '대변불언大辨不言'이요, '득의망언得意忘言'이다. 참된 삶을 얻으려 거듭 돌아왔던 귀거래歸去來(관직을 그만두고 고향으로 돌아감)의 시인 도연명은 마침내 여산의 품속에서 언어로 형용 못할 삶의 참된 의미를 깨쳤으니, 무엇이 진정한 삶의 의미인 줄도 모른 채 그저 쉼 없이 달리고만 있는 우리네 삶보다야 얼마나 근사한 것인가! 도연명처럼 "아, 이 속에 참된 뜻이 있구나!"라는 깨달음이 번개처럼 찾아오는 시간과 공간을 우리는 언제 경험할 수 있으려나. 아마도 그런 값진 경험을 위해서는 도연명처럼 '귀거래'해야 하는 것은 아닐까? 우리가 돌아갈 곳은 어딜까? 그리고 우리가 돌아가기 위해 버려야 할 것은 무엇일까? 도연명의 〈음주〉를 읽으며 많은 생각이 든다.

도연명을 낳고 길렀던 여산의 서쪽 산기슭 구강현 사하가沙河街 동북쪽에 그를 기념하는 도연명기념관이 있다. 도연명의 사당 정절사靖節祠를 기념관으로 확장한 것이다. 명·청시대 사당 모습인 이 오래된 건물에 들어서면 2미터 남짓한 도연명의 입상이 여행객을 반긴다. 술을 거르던 두건을 쓴 채 늘 즐겨보던《산해경山海經》을 손에 들고 상념에 잠겨 있다. 아득한 상고 시절, 어진 임금 복희씨 시절의 천진무구한 삶을 살았던 사람이란 뜻의 '희황상인羲皇上人'이라는 글씨가 머리 위쪽으로 걸려 있다. 기념관 뒤쪽으로 '청풍고절淸風高節' 네 글자를 새긴 패방을 지나 몇 계단을 올라가면 도연명의 오래된 무덤이 있다. 벌써 1,600년이 흘렀으니 무덤이 무슨 의미가 있으랴! 그의 넋은 진즉 여산의 흙이 되고 나무가 되고 바위가 되어 있을 터인데. 나는 기념관을 나와 밭둑길을 서성이며 꽃을 따기도 하고 바람 냄새를 맡기도 하면서 그를 그리워했다. 문득 고개 들어 여산을 바라보니 그 옛날 도연명이 한가롭게 바라보던 그 여산이 나를 다정스레 굽어보고 있었다.

도연명의 옛 마을 절로 친근하여
홀로 밭둑길을 걷노라니 일흥이 높구나

들꽃을 따다가 세심히 들여다보는데

남산이 말없이 다정하게 나를 바라보네

淵明故里相親近, 獨步陌阡逸興高。

摘取野花詳細看, 南山無語有情瞧。

- 김성곤, 〈도연명의 무덤을 찾다訪陶潛墓〉

3. 비류직하삼천척
- 여산폭포盧山瀑布

도연명을 흠모했던 것은 소동파뿐만이 아니었다. 당나라의 최고의 시
인인 시성 두보, 시선 이백 역시 도연명을 높이 평가했다. 특히 이백은
도연명의 진솔한 삶의 모습을 너무나 사랑하여 자신의 시에 도연명의
평소 생활 모습을 그대로 새겨 넣기도 했다.

두 사람이 대작하니 산에 꽃이 피네

한 잔 한 잔 또 한 잔

나 취해 졸리니 그대 그만 가시게

내일 아침 생각 있거든 거문고 안고 오시게나

兩人對酌山花開, 一杯一杯復一杯。

我醉欲眠卿且去, 明朝有意抱琴來。

〈산중에서 은자와 술을 마시다山中與幽人對酌〉라는 이백의 시다. 이 멋
스러운 시의 제3구 "나 취해 졸리니 그대 그만 가시게"라는 구절은

도연명의 음주 후의 진솔한 모습을 그대로 옮겨 놓은 것이다. 도연명의 전기에 따르면 도연명은 누가 찾아오든 술을 차려 대접하였고 자신이 취한 후에는 "나 취해 자고 싶으니 그대 이제 가시게"라고 말했다고 한다. 도연명의 진솔함을 말할 때 흔히 인용하는 구절인데, 이백은 바로 자신의 시구에 도연명의 진솔한 모습을 통째로 빌려온 것이다. 물론 거기에 머물지 않고, 그다음 구절 "내일 아침 생각 있거든 거문고 안고 오시게나"라는 운치 있는 의경을 새로 더하고 있으니 역시 이백답다. 〈장난 삼아 정율양에게 드리다 戲贈鄭溧陽〉에서는 도연명의 생애가 통째로 들어와 있다.

팽택령 도연명은 날마다 취하여
다섯 그루 버들에 봄이 왔음을 몰랐네
장식 없는 거문고엔 본디 줄이 없고
술을 거를 적엔 칡베 두건 사용했지
맑은 바람 불어오는 북창 아래에서
스스로 말했지, 복희씨 적 사람이라
언제라야 내가 율리로 가서
평생의 친구를 한번 보게 될까나
陶令日日醉, 不知五柳春。
素琴本無弦, 漉酒用葛巾。
清風北窗下, 自謂羲皇人。
何時到栗里, 一見平生親。

장식 없는 무현금을 타고, 머리에 두른 칡베 두건으로 술을 걸러 마시고, 한 여름날 북쪽 창가 아래 누워 스치는 맑은 바람 한줄기면 행복해했던 사람 도연명을 그리워한 시다. 이토록 그리워했으니 그가 도연명의 고향인 여산에 올라 천고에 남을 멋진 시를 남긴 것이야 당연할 듯하다. 여산의 폭포를 노래한 명시 〈망여산폭포望廬山瀑布〉는 여산을 세상에 더욱 멋진 곳으로 알린 수작이다.

> 해가 향로봉을 비추니 자색 연기가 이는데
> 멀리 폭포를 바라보니 앞 강물이 걸쳐진 듯
> 직하 삼천 척 날아 흘러 떨어지는 물
> 은하수가 구천에서 쏟아지는가
> 日照香爐生紫煙, 遙看瀑布掛前川。
> 飛流直下三千尺, 疑是銀河落九天。

이 시에서 노래한 폭포는 여산의 학명봉鶴鳴峰과 구배봉龜背峰 사이로 떨어지는 수봉폭포秀峰瀑布이다. 길게 날아 떨어지는 수봉폭포 아래에 이 시가 새겨져 있어서 이곳이 〈망여산폭포〉의 탄생지인 것을 알 수 있다. 수봉폭포가 비록 장관이기는 하나 여산의 최고의 폭포는 아니다. 여산에는 장대하고 아름다운 폭포가 많다. 가장 이름이 높은 것은 세 번 겹친 상태로 흘러내린다는 뜻의 '삼첩천三疊泉'이다. 샘을 뜻하는 '천泉'을 썼는데, 폭포를 뜻하는 비천飛泉(날아 떨어지는 샘물)의 뜻으로 쓴 것이다. 대월산大月山 높은 봉우리로부터 흘러나온 계곡물이 오로봉五老峰의 계곡물과 만나 유량을 늘린 뒤에 오로봉 북쪽 절벽에서 첫 번째 커다란 바위 위로 한 번 쏟아지고, 또다시 날아서 두 번째 바위로 쏟아지고 다시 날아서 세 번째 바위 위로 쏟아진다. 그렇게 세

◆ 수봉폭포

번 겹친다고 해서 '삼첩천'이 된 것이다.

　여산 제일경으로 꼽히는 이 장대한 폭포가 기세와 수량이 훨씬 못미치는 수봉폭포에 밀려 여산 대표 폭포의 자리를 내준 것은 순전히 이백 때문이다. 이 폭포가 남송南宋에 이르러서야 사람들에게 알려진 까닭에 폭포수를 묘사한 최고의 명구인 이백의 '비류직하삼천척飛流直下三千尺'이라는 예찬을 차지할 수 없었다. 이 예찬은 고스란히 수봉폭포가 차지하고 〈망여산폭포〉라는 거창한 이름표를 달고 지금까지도 우쭐대고 있는 것이다.

　이 시는 이백이 25세 되던 해, 청운의 큰 꿈을 안고 사천성 고향을 떠나 중원으로 향하는 시기에 지은 작품이다. 패기가 넘치고 상상력이 분방하던 젊은 이백이 그려낸 여산의 폭포는 웅장하기가 이를 데 없어 시만 읽어도 마치 거대한 폭포수가 바로 지척에서 떨어지는 듯한 강렬한 인상을 받게 된다(이 시의 제3구 '비류직하삼천척'은 이제 폭포수를 형용하는 일반적인 묘사로 항상 사용되고 있다). 그야말로 한 폭의 관폭도觀瀑圖를 보는 것 같다. 시인들이 폭포를 즐겨 묘사하고 화가들이 관폭도를 즐겨 그리는 것은 무슨 까닭일까? 폭포의 힘찬 기세가 시와 그림에 역동적인 힘을 부여하기 때문이다. 그리고 그 시와 그림에 스며든 폭포의 힘찬 기운이 작품을 감상하는 사람들에게 전해지기를 바랐기 때문이다. 그런데 명나라 때 화가로 유명한 당인唐寅은 폭포를 그리는 이유에 대해 다음과 같이 말했다. "은하수 한 줄기가 하늘에서 떨어지니, 귀뿌리에 들러붙은 세상 온갖 시끄러운 잡음을 다 씻어낼 수 있겠구나一派銀河傾碧落, 耳根於此洗塵囂." 힘차게 쏟아지는 폭포수의 거센 물살로 저 귓속 깊은 곳에 덕지덕지 달라붙어 있는 세상의 온갖 아귀다툼들, 저 마음속 깊은 뿌리에 달라붙어 떨어질 줄 모르는 욕망의

112

묵은 때를 다 씻어내겠다니, 다 벗겨내고 말겠다니, 이 얼마나 상쾌하고 즐거운 상상인가! 이런 일을 상상하는 것만으로도 벌써 마음이 가벼워지는 듯하다.

천하의 명산, 시의 산 여산으로 가자. 서림사에 들러 동파가 새긴 시를 읽고 삶을 바라보는 여유로운 시선을 배우자. 도연명의 옛 마을에 들러 그가 거닐며 남산을 바라보던 밭 언덕 길을 걸어보자. 이미 여산의 나무나 돌이 되었을 도연명이 그윽한 얼굴로 그대를 바라볼 것이다. 그의 그윽한 시선 아래서 순간적으로 명멸하는 삶의 진실한 의미를 느낄 수 있다면 얼마나 좋으랴. 은하수 떨어지는 여산폭포 아래서 젊은 이백의 힘찬 목소리로 한번 외쳐보자. "비류직하삼천척!" 폭포를 타고 하늘로부터, 은하로부터 내려오는 신령하고 힘찬 기운이 우리의 몸과 마음에 전류처럼 흘러들지도 모른다.

4. 학문의 향기가 감도는 강마을
− 상요(上饒, 상라오) 무원고진(婺源古鎭, 우웬구쩐)

여산을 내려온 우리 일행이 찾아간 곳은 강서성 상요上饒에 있는 무원고진婺源古鎭이다. 구강에서 북동진하는 장강과는 잠시 이별하고 약 2시간 반 정도 동남쪽으로 달리면 성리학의 완성자 주희 선생의 조상이 대대로 살았다고 해서 유명해진 무원의 옛 마을이 나온다. 역대로 수많은 문인 학자들이 나와서 강남의 곡부曲阜로 불리는 서향書鄕인 이 무원에는 빼어난 산수를 두르고 고풍스러운 옛 건축물들로 구성된 아름다운 마을이 많다. 다랑이논으로 유명한 강령江岭의 여러 촌락들,

전 중국 국가주석을 지낸 강택민江澤民(장쩌민)의 조상들이 살아 풍수가 좋기로 유명한 강만江灣 마을, 흰색 담장과 검은색 기와의 휘파徽派 건축으로 유명한 이갱李坑 마을 등이 있다.

이 마을 중에서 우리가 찾아간 곳은 휘파 조각 예술의 보고로 알려진 유씨종사兪氏宗祠가 있는 왕구촌汪口村(왕커우춘)이다. 단신수段莘水가 U자 형태로 마을을 안고 흘러가는 강촌 마을 왕구촌은 명·청시대에 지어진 오래된 건축물이 빼곡하게 들어차 있고, 건물들 사이로 좁은 골목들이 정겹게 이어진다. 왕구촌에 도착한 그날은 아침부터 줄곧 부슬비가 내렸다. 골동품을 파는 상점 거리의 넓찍한 흑청색 돌판이 비에 젖어 반짝반짝 윤이 흐른다. 큰길 옆 좁은 골목길로 접어들었더니 낮은 지붕을 첩첩 덮고 있는 오래된 기와 위의 푸른 이끼가 비에 젖어 곱고 싱그럽다. 우산을 들고 장화를 신은 아이들 둘이서 골목에 고인 빗물을 저벅거리면서 장난을 친다. 오래된 골목에서 노는 해맑은 아이들. 낡은 것과 새것의 대비가 이토록 선명하고 아름다울 수가 있을까? 깔깔거리는 웃음소리를 남기고 아이들이 골목 저편으로 사라지고 나면, 나는 또 무슨 볼거리가 있을까 싶어 다른 골목을 더듬기도 하고 강가로 나가 기웃거리기도 했는데, 부슬비가 내리는 골목에도 강가에도 사람 자취는 끊겼고, 맑은 강물만 고요히 마을을 안고 흐르고 있었다.

맑은 강물 한번 굽어 마을을 안고 흐르나니
긴 여름 강마을엔 일마다 한가롭구나
清江一曲抱村流, 長夏江村事事幽。

◆ 왕구촌 유씨종사

　　두보가 성도 초당에 머물면서 썼던 시 〈강촌江村〉의 첫 두 구절이다.
계절도 다르고 지역도 다르지만 이 아름다운 강촌 마을을 표현하기엔
이 구절이 안성맞춤이다. 어머니의 품처럼 아늑한 강의 품에 안겨 평
화로운 강마을이다. 눈길이 가닿는 곳마다, 발길이 머무는 곳마다 그
윽하고 한가로운 정취가 넘친다. 송나라 때 유씨兪氏 일족이 이곳에 터
를 잡고 명품 마을을 건설했다는데, 그 유씨 가문의 사당인 유씨종사
가 이 마을의 동쪽에 자리하고 있다. 청나라 건륭 연간에 세워진 이
사당은 특히 향장목香樟木이라는 목재로 지은 목조 건물인 까닭에 온
사당 안에서 향내가 진동한다. 기둥과 서까래, 창틀이며 처마 곳곳에
나무로 새긴 화려하고 정교한 조각물들이 오랫동안 시선을 붙잡는다.
모란, 매화와 같은 아름다운 꽃들, 사슴이나 거북과 같은 상서로운 동
물들, 길상을 상징하는 다양한 문양들이 즐비하다. 과연 이곳 왕구촌
을 휘파 조각 예술의 보고라고 칭할 만하다. 매번 어두침침하고 음습

한 사당만 경험했던 터라 이 아름다운 사당 한복판에 서서 향내 섞인 빗소리를 듣던 그 시간의 느낌이 얼마나 새로웠는지 모른다.

향장목의 향기가 옷깃에 배어 걸음걸이도 향기로운 듯, 비오는 골목길을 흥청흥청 걸어 벼루를 파는 상점 골목으로 들어갔다. 이곳 무원은 예부터 이름난 벼루 산지이다. 흔히 문방사우를 거론할 때 종이로는 선성宣城에서 나온 선지宣紙를, 붓으로는 호주湖州에서 나는 호필湖筆을, 먹으로는 지금의 황산 부근 휘주徽州에서 나는 휘묵徽墨을, 벼루로는 흡현歙縣에서 나는 흡연歙硯을 최고로 쳐주는데, 바로 이곳 무원이 흡현에서 멀지 않은 까닭에 예부터 좋은 벼루가 많이 나왔다. 흡연을 흔히 용꼬리 벼루라는 뜻의 용미연龍尾硯이라 부르는데, 흡연이 모두 안휘성 흡현과 강서성 무원에 걸쳐 있는 용미산의 돌로 만들어지기 때문에 붙여진 이름이다. 이 흡연은 예로부터 '갑천하甲天下'의 찬사를 받아왔다. 표면이 매끄럽고 무늬가 아름다우며 맑은 소리가 나서 소동파는 "금의 소리와 옥의 덕성"이라는 뜻의 '금성옥덕金聲玉德'이란 말로 높이 평가하기도 하였다.

용미연이라는 깃발을 달고 있는 한 상점에 들어갔더니 머리가 훤히 벗겨진 주인 아저씨가 친절하게 자신의 작품을 자랑하며 보여준다. 각종 벼루가 진열되어 있는데 하나하나가 다 작품이다. 모양도 색깔도 가지가지인데 벼루 가장자리를 두른 조각이 특히 예술이다. 매화를 조각한 벼루를 쓴다면 먹물에 절로 매화 향기가 스밀 것이요, 쌍용을 새긴 벼루를 쓴다면 글씨가 절로 힘차게 될 것이다. 빼어난 산수를 새긴 벼루를 쓰다 보면 붓을 잡은 선비는 절로 자연 속에 노니는 흥취를 느끼게 될 것이니, 글씨에서 절로 속기가 사라질 것이다. 아무리 탐이 난들 가격도 비싸고 무겁기도 해서 그저 모서리에 과일을 새긴 작

116

은 벼루 하나를 사고, 대신 마음껏 구경할 수 있도록 배려해준 주인에게 감사의 마음으로 붓글씨 한 점을 선물했다. '갱상일층루更上一層樓', 즉 "다시 한층 더 오른다"라는 뜻으로, 당나라 시인 왕지환王之渙의 시 〈등관작루登鸛雀樓〉의 마지막 구절이다.

천 리 끝까지 바라보고 싶어서
다시 한 층 더 올라간다
欲窮千里目, 更上一層樓。

사업도 한층 더 잘 되고, 건강도 자녀도 다 한층 더 잘 되라는 뜻이라 인사했더니 주인 아저씨가 싱글벙글 가게에 내내 걸어두고 자랑하겠으니 나중에 꼭 다시 들러 확인하란다. 아저씨와 기약 없는 인사를 나누고 벌써 어둑해지는 비 오는 거리로 나오니 일모日暮에 객수客愁가 새롭다.

다음 날 무원에 주희와 관련된 유적이 하나 있어서 찾아보기로 했다. 주희가 공부했다는 한천정사寒泉精舍가 있는 곳이다. 한천정사는 그의 조상들의 묘역이 있는 무원의 문공산文公山에 있다(무이산에 있는 한천정사와는 다른 곳이다). 문공산 입구부터 한천정사까지 이어지는 길 옆에는 주자학의 가르침에 해당하는 예의염치니 충효신의니 하는 구절을 적은 간판들이 끝도 없이 이어졌다. 늘 시주詩酒의 가르침에 따라 비양발호飛揚跋扈의 거침없는 삶에 익숙한 이 여행자로서는 엄격한 스승 주희의 추상같은 가르침에 다소 주눅이 든 탓에 산행 내내 의기소침 숙연한 자세일 수밖에 없었다. 이윽고 도달한 한천정사는 자그마한 독채 건물로, 퇴락한 느낌을 지울 수가 없었다. 찾는 사람도 없는

지 출입문도 굳게 닫혀 있어서 그저 일별하고 지날 수밖에 없었는데, 다행히 정사 앞쪽으로 주희가 심었다는 삼나무들이 하늘을 찌르며 곧게 솟아 있어서 각별한 느낌을 주었다. 주희가 조상들에 대한 자손의 효성스런 마음을 표현하기 위해 역사상 가장 유명한 효자 24명의 수에 맞춰 24그루의 삼나무를 심었다고 했다. 고사한 8그루를 제외하고 나머지 16그루의 삼나무들이 천 년 가까운 세월을 인내하며 굵은 몸통과 높은 키로 당당하게 자신의 존재를 힘껏 전하고 있다. 성리학자가 심은 이 나무들이 오랜 세월 동아시아의 지도 이념이었던 성리학의 무궁한 존재 가치를 역설하는 것인가. 이 오래된 나무들을 어루만지면서 고요한 숲속에 오래도록 머물렀더니 비가 그친 숲에 높은 나무들 위로 햇살이 계시처럼 내린다. '일촌광음불가경一寸光陰不可輕', "촌각의 시간도 가벼이 여기지 말라"는 주희의 음성이 어디선가 환청처럼 들려왔다.

소년은 쉬 늙고 학문은 이루기 어려우니
일촌광음을 가벼이 여기지 말아야 하느니
연못가 봄 풀의 꿈 깨기도 전에
섬돌 앞 오동잎은 벌써 가을이라네
少年易老學難成, 一寸光陰不可輕。
未覺池塘春草夢, 階前梧葉已秋聲。

6장 강소성 1
— 초한지

강서성 구강 호구에서 파양호의 물결을 받아 더욱 광활해진 장강은 힘차게 북동진하여 안휘성에 들어서 환강皖江이란 이름을 부여받는다. 안휘성을 뜻하는 한자가 바로 '환皖'인 까닭이다. 환강은 이백이 백발삼천장白髮三千丈의 〈추포가秋浦歌〉를 썼던 시의 땅 지주池州, 장강 수운의 도시이자 염색업으로 유명한 무호蕪湖를 지나고, 다시 시선 이백의 향기로운 뼈를 묻고 있는 당도當涂와 이백이 고래를 타고 하늘로 떠난 기경승천騎鯨昇天 설화의 고장 마안산馬鞍山을 지나 안휘성의 경계를 마무리하고 강소성으로 들어간다.

이제부터 찾아갈 초한지 역사기행의 시작점은 환강의 마지막 구간 마안산 시의 건너편 장강 북안에 자리한 화현和縣 오강진烏江鎭(우장쩐)이다. '천년고진, 서초오강千年古鎭, 西楚烏江'이라 표현되는 오래된 마을 오강은 유방과의 싸움에서 패한 초패왕 항우가 자결하여 4년의 초한 전쟁이 마무리된 역사의 현장으로 세간에 널리 알려지게 되었다. 오강진 동남쪽 나지막한 봉황산 위에 초패왕 항우를 기리는 사당 패왕 사霸王祠와 그의 의관총이 있다.

1. 오강 나루터에 울리는 영웅의 마지막 절규
– 오강진 패왕사霸王祠

기원전 202년 겨울, 유방의 대군에 겹겹이 포위된 해하성垓下城을 탈출한 항우가 남쪽으로 달리고 달려서 이른 곳이 이곳 오강이었다. 항우는 희망을 잃고 자결한 우미인을 자신의 오추마에 함께 태우고 800명의 정예 기병만을 데리고 탈출했다. 그러나 포위망을 뚫는 격렬한 싸움 중에 안타깝게도 우미인의 시신을 놓치고 말았다. 버려진 우미인을 내버려둔 채로 항우는 남으로 달려서 마침내 장강의 강물을 앞에 두고 있었다. 800명으로 출발했던 병사들은 죽거나 흩어지고 이제 남은 것은 고작 27명의 기병대. 뒤로는 수천 명의 유방의 군대가 추격해오고 있었다. 남은 군사들이 항우에게 권하였다.

"대왕께서 속히 강을 건너 강동으로 피신하십시오. 후에 다시 군대를 길러 유방에게서 천하를 쟁취하시기 바랍니다."

항우가 권고를 뿌리치며 괴롭게 말했다.

"그럴 수는 없다. 내가 4년 전에 8,000명의 젊은이를 이끌고 전쟁터로 나갔다가 이제 그들을 다 잃어버리고 말았다. 내가 무슨 면목으로 혼자 살아 돌아가서 그들의 부모형제를 보겠느냐!"

항우는 추격해오는 유방의 군대와 일전을 치르고 장렬하게 자결하고 만다. 이렇게 해서 진나라가 멸망한 후부터 시작된 천하 패권 초한

전쟁은 일단락되고 마침내 유방 한나라의 세상이 열리게 되었다. 그런데 전하는 바에 따르면, 항우는 자결 직전에 하늘을 향해 다음과 같은 말로 울분을 토하고 죽었다고 한다.

> 내가 줄곧 우위를 점하던 이 싸움에서 패해 내 손안에 있던 천하를 저 못난 유방에게 빼앗기게 된 것은 내 잘못 때문이 아니다. 나는 그와의 싸움에서 수없이 승리했다. 내가 운용한 병법이 우월했고, 나의 무공이 그를 압도했다. 그럼에도 불구하고 결국 천하가 그에게로 가게 된 것은 내 힘으로 어쩔 수 없는 하늘의 뜻 때문이다. 천하를 유방에게 주고자 하는 천명을 내가 바꿀 수는 없지 않겠느냐!

끝까지 자신의 잘못을 인정하지 않고 모든 것을 하늘의 탓으로 돌리며 그런 하늘을 원망하고 죽었다고 한다. 훗날의 역사가들과 시인들이 역사의 법정에 항우를 세우고 준엄하게 따져 물었다.

"그대는 왜 강력한 군대, 최고의 참모들을 가지고도 그만하지 못한 유방에게 패해 천하를 빼앗기는 수모를 당했는가?"

한나라 때 양웅揚雄이라는 학자는 항우의 실패와 유방의 성공을 《법언法言》이라는 책에서 다음과 같이 깔끔하게 정리하고 있다.

> 유방은 여러 사람의 책략을 잘 받아들였다. 많은 사람의 책략으로 유방 군대의 역량은 갈수록 증강되었다. 하지만 항우는 달랐다. 그는 남들의 의견을 받아들이지 않고 오직 자신의 용맹만을 믿고 어리석게 행동했다. 여러 사람의 책략이 모이면 승리할 것이

요, 개인의 용맹만을 믿으면 실패할 것이다. 항우가 이렇게 된 것은 천명과는 아무런 관계가 없다. 그가 하늘을 원망한 것은 그릇된 것이다.

항우의 실패 원인을 그의 독단적인 리더십에서 찾고 있다. 그는 중요한 결정에서 남들의 의견을 듣는 법 없이 자신의 경험과 지혜에만 의존했다. 남들이야 동의하건 말건 앞장서 나가면서 자신을 따를 것을 강요했다. "나를 따르라!" 이른바 '독단독행獨斷獨行'이다. 독단독행은 한 번의 싸움에서 승리할 수는 있겠으나 초한전쟁처럼 긴 싸움에서는 전략적 한계가 있을 수밖에 없다. 유방은 여러 가지 조건에서 훨씬 불리했지만, 자신의 능력에만 의지하지 않고 여러 사람의 책략을 모으고 힘을 규합해서 집단의 힘을 극대화하는 리더였다. 이러한 유방의 리더십을 "여러 사람의 책략과 여러 사람의 힘"이라는 뜻의 '군책군력群策群力'이란 말로 표현한다. 현대식으로 풀이하자면 '집단적 리더십'이라 할 수 있는 이 용어는 리더와 구성원이 서로에게 힘이 되는 가장 이상적인 리더십을 뜻하는 말로 자주 활용된다.

오강진에 조성된 항우의 사당 패왕사에 들어서면 한 손으로는 큰 칼을 잡고 한 손은 주먹을 불끈 쥔 채로 눈을 부릅뜬 항우의 동상이 있다. 그 위로는 "한 시절을 풍미한 영웅"이라는 뜻의 '질타풍운叱咤風雲'이란 큰 글씨가 걸려 있다. 진실로 그는 한 시절 "힘은 산을 뽑고 기운이 세상을 덮었던" '역발산기개세力拔山氣蓋世'의 영웅이었다. 이 불세출의 영웅의 무덤이 사당 뒤쪽에 마련되어 있다. 물론 진짜 무덤이 아닌 의관총이다. 항우의 몸은 현상금을 얻으려는 유방의 병사들에 의해 조각나 사라졌기 때문이다. 패왕사 경내의 작은 연못가에 '말을 멈

◈ 주마하 비석

춘 강'이라는 뜻의 '주마하駐馬河'라는 글자가 새겨진 비석이 있다. 그리고 이 비석을 조금 더 지난 자리에 오강정烏江亭이라는 조그마한 정자 하나가 있다. 모두 항우의 비극적 죽음을 떠올리게 만드는 유적들이다.

항우가 도망쳐서 도달한 오강 나루터에는 뱃길을 관리하는 정자가 있었고 정장亭長이라 부르는 수졸 한 명이 그 정자를 지키고 있었다. 그 수졸이 항우에게 배를 내주며 속히 강을 건널 것을 권하였으나 항우는 거절하고 그 수졸에게 자신이 타던 오추마를 건네주었다. 항우

가 죽은 후에 수졸은 강가에서 오추마를 보살폈는데, 주인을 잃은 오추마는 한사코 먹이를 거부하더니 얼마 지나지 않아 항우의 뒤를 따르고 말았다. 그래서 후인들은 이 오강 나루터 부근의 강을 '말을 멈춘 강'이라는 뜻의 '주마하'로 부르게 된 것이다. 당나라 때 시인 두목이 이곳 오강의 정자에 〈제오강정題烏江亭〉이라는 시를 썼다.

　　이기고 지는 것은 병가의 상사
　　치욕을 참고 견뎌야 참 사내가 아닌가
　　강동의 젊은이들 모두들 걸출하느니
　　권토중래 못할 것 무에 있으랴
　　勝敗兵家事不期, 包羞忍恥是男兒。

江東子弟多才俊, 卷土重來未可知。

항우가 부하들의 권고대로 강을 건넜더라면 다시 기회가 올 수도 있었을 것이라는 말이다. 자질도 조건도 자신보다 훨씬 열등한 유방에게 패해 다 잡은 천하를 빼앗겼다는 분노와 수치심을 이겨내고, 8천 명의 젊은이들을 다 죽게 만들고 혼자 살아 돌아왔다는 강동 부형들의 비난도 꿋꿋하게 견뎌내며 다시 군대를 기르고 때를 기다렸다면, 실패를 만회하고 꿈을 이룰 기회가 왔을 것이라는 이야기다. 이 당시 항우의 나이가 고작 30대 초반이었으니 실패를 딛고 일어서기에 충분한 시간이 있었다. 역사에 등장하는 수많은 영웅호걸들의 성공담은 "치욕을 견디며 무거운 책임을 진다"라는 뜻의 '인욕부중忍辱負重'의 실천으로 귀결된다. 견디기 힘든 치욕조차 참을 수 있었던 것은 자신이 져야 할 막중한 책임 때문이었다. 이런 정신으로 월왕 구천句踐은 오왕 부차夫差의 변을 맛보는 굴욕을 참아 마침내 월나라를 재건하고 오나라를 멸망시킬 기회를 얻을 수가 있었으며, 사마천은 거세형의 치욕을 참고 아버지 사마담司馬淡에게서 부여받은 필생의 대업인 《사기》를 완성시킬 수 있었다.

항우가 끝내 강을 건너지 못한 것은 당면한 치욕을 넘어설 막중한 책임감이 없었던 탓이었을까? 하지만 또 어떤 사람들은 자기 한목숨 구하려 구차하게 강을 건너 도망하지 않고 당당히 죽음을 선택한 항우를 예찬하기도 한다.

살아서는 사람의 영웅
죽어서도 귀신의 영웅

왜 지금 항우를 그리워하는가

그는 강동으로 도망가려 하지 않았다네

生當作人傑, 死亦爲鬼雄。

至今思項羽, 不肯過江東。

송나라 여성시인 이청조李淸照의 〈하일절구夏日絕句〉라는 시다. 이 시는 고전시가 중에서 손꼽히는 명시로 대중에게 인기가 높다. 금나라 군대에 의해 북송이 멸망하고, 장강 이남 항주에서 다시 남송 정권이 시작되던 혼란한 시기를 배경으로 하고 있다. 또한 북쪽의 광활한 영토와 수많은 백성을 다 팽개치고 혼자 살아보겠다고 너도나도 남쪽으로 도망간 송나라 지배층 인사들에 대한 신랄한 비난이 담겨 있다. 이 혼란한 시기에 이청조의 남편 조명성趙明誠 또한 자신이 지켜야 할 성과 백성들을 팽개치고 남쪽으로 도망쳤다. 이청조는 남편을 따라가던 중에 항우가 자결한 오강을 지나게 되었고, 만감이 교차한 그녀는 이 시를 지어 자신의 남편을 포함한 북송의 지배층 인사들에 대해 신랄한 비난을 보낸 것이다. 후에 남편 조명성이 병을 얻어 죽었는데 이청조의 이 시를 보고 난 후의 충격 때문이었을 것이라는 이야기가 돌기도 했다.

2003년 늦가을, 찾는 사람 없이 고요한 오강의 패왕사에는 이끼 낀 비석들 사이로 흰 나비들이 환영처럼 날고 있었다. 옛사람의 흘러간 자취를 찾아 떠도는 것이 나비의 날개짓보다 더 가볍고 사소한 일인 양 느껴졌을까? 수척한 가을 햇살을 따라 아득한 현기증이 밀려왔다.

주마하 강변에 새 울음소리 슬픈데

쓸쓸한 무덤 길 옛 바람이 감도누나

산을 뽑고 세상을 덮던 기개는 강물 따라 가버리고

황폐한 동산 비석 사이로 몇 마리 나비만 배회하네

駐馬河邊今鳥哀,   寂廖墓道古風廻。

拔山蓋世隨流盡,   荒苑碑間幾蝶徊。

— 김성곤, 〈과오강패왕사過烏江覇王祠〉

2. 우희야 우희야, 내 너를 어찌하랴
– 영벽(靈璧, 링삐) 우미인 무덤

화현 오강에서 북쪽으로 약 250여 킬로미터 떨어진 안휘성 영벽의 동남쪽 넓은 들판에 초한전쟁의 마지막 전투가 있었던 해하성垓下城의 옛터가 있다. 끝도 없이 펼쳐지는 넓은 들판 한 모퉁이에는 이곳에서 그 유명한 전투가 있었음을 알리는 '해하유지'라고 쓴 넓적한 비문 하나가 덩그렇게 서 있다. 기원전 202년 겨울밤, 유방, 팽월彭越, 한신韓信의 60만 대군에 의해 물샐틈없이 포위된 해하성 전장에 난데없는 노랫소리가 울려 퍼진다. 항우의 군사들이 익히 듣던 고향 노래, 초나라 노래다. 항우의 병사들의 마음을 흔들려는 심산으로 유방의 군대가 성을 에워싸고 사방에서 초나라 노래를 부른 것이다. 이른바 '사면초가四面楚歌'. 고향을 떠나 전장을 전전한 지 4년이다. 부모님이 그립고 처자식이 보고 싶은데 돌아갈 희망은 점점 사라져간다. 날씨는 추워지고 군량은 떨어져 이미 사기가 바닥인데 돌연 들리는 고향의 노랫소리. 밤늦도록 이어지는 노랫소리에 그토록 용감무쌍했던 최고의 정

병들이 하나둘 탈영하기 시작하면서 항우의 군대는 급격하게 허물어
져갔다. 군막 안에서 이 궁지를 벗어날 묘책을 궁리하던 항우 역시 이
노랫소리를 듣고는 자신의 최종적인 패배를 직감한다. 그러고는 비통
한 심정을 이길 수 없어 우미인을 불러 함께 술을 마신다. 이 마지막
술자리에서 항우가 감정이 격해져 자리를 박차고 일어나 부른 노래가
그 유명한 〈해하가垓下歌〉다.

　　힘은 산을 뽑고 기운은 세상을 덮었건만
　　때가 불리해지니 오추마가 달리지 않는구나
　　오추마가 달리지 않으니 내 어찌하랴
　　우희야 우희야 너를 어쩌란 말이냐
　　力拔山兮氣蓋世, 時不利兮騅不逝。
　　騅不逝兮可奈何, 虞兮虞兮奈若何。

비통한 심정으로 부르는 절절한 항우의 노랫소리가 장막을 울리고, 그 노랫소리를 듣는 초나라 병사마다 목놓아 울었다. 항우의 노래에 화답하여 우미인이 일어나 검무를 추며 노래를 부른다.

한나라 군대 벌써 쳐들어와
사방에 들리는 초나라 노랫소리
대왕께서 기운이 다하셨으니
소첩이 어찌 살아갈 수 있으랴
漢兵已略地, 四方楚歌聲。
大王意氣盡, 賤妾何聊生。

〈화해하가和垓下歌〉로 알려진 이 노래는 《사기》에는 실려 있지 않고 당나라 장수절張守節이 쓴 《사기정의史記正義》에 실려 있다. 노래를 끝낸 우미인은 검으로 자신의 목을 찔러 자결한다. 우리에게 익히 알려진 경극 〈패왕별희霸王別姬〉의 내용이다. 앞서 말한 대로 항우는 우미인의 시신을 자신의 오추마에 함께 태우고 정예 기병 800기와 탈출한다. 안타깝게도 그 과정에서 우미인의 시신을 놓치게 되니 그곳에 남은 초나라 병사들이 그녀의 시신을 수습하여 무덤에 안장했다. 그 오래된 무덤이 옛 해하성 부지에 있는 우희문화원虞姬文化園에 남아 있다. 문화원을 찾아가니 입구에서 나란히 말머리를 하고 다정스러운 눈길을 주고받는 항우와 우미인의 동상이 나그네를 반긴다.

항우가 그토록 사랑했던 아름다운 우미인, 그녀의 아름다움을 전하는 일화가 있다. 우미인의 아름다움에 반한 강동의 귀족 자제들이 앞다투어 그녀에게 청혼했다. 그런데 우미인은 높은 벼슬이나 많은 재

◆ 우미인 석상

물에도 아무런 관심을 보이지 않았다. 그녀는 자기 집 뜰에 커다란 청동 솥을 내놓고는 이 무거운 솥을 혼자 들어 올릴 수 있는 용력을 갖춘 사람이면 자신의 배필이 될 것이라 했다. 초나라 강동 지역의 귀족 자제들이 너도나도 달려들어 그 솥을 들어 올리려 안간힘을 써봤지만, 아무도 성공할 수 없었다. 마침내 항우가 나타나 그 무거운 청동 솥을 단숨에 드는 신공을 선보였다. 우미인은 당장에 그의 여인이 되었고 그 소식을 들은 강동의 젊은이들 8천 명이 항우를 찾아와 그의 부하가 되었다. 사단 규모의 군대가 탄생한 것이다. 하나같이 주먹

깨나 쓰고 싸움 잘하는 용사들이었다. 이들은 나중에 항우군의 주력 부대가 되어 천하를 휩쓸고 다니며 최정예 역할을 톡톡히 했다. 이 우미인의 일화에서 나온 사자성어가 바로 '일거양득一擧兩得'이라고 설명하는 사람도 있다. '거擧'가 '물건을 들다'라는 뜻이 있어서 생긴 이야기일 것이다. 솥단지 하나를 들어 천하절색 미인도 얻고 천하막강 군대도 얻었으니 일거양득의 대표적인 사례

◆ 우희문화원 우미인 무덤

라 할 것이다. 그렇게 해서 짝이 된 항우와 우미인은 마치 서로가 서로의 그림자가 된 것처럼 늘 함께했으니, 전장에서조차 군막에 함께 머물 정도였다.

그 아름다운 우미인이 잠들어 있는 우희문화원의 무덤은 생각보다 규모가 컸다. '서초패왕우희지묘西楚覇王虞姬之墓'라고 쓴 비문을 앞세우고 높은 나무들과 거친 풀들로 둘러싸여 있는 무덤 앞에는 슬픈 표정을 한 우미인의 아름다운 석상이 서 있다. 나는 그 석상과 무덤 사이에서 비탄과 격정에 사로잡혔던 항우를 떠올리며 그의 〈해하가〉를 불렀다. "리빠싼시치까이스力拔山兮氣蓋世~" 노래가 중반을 넘어설 무렵 바람이 우수수 무덤의 풀과 나무를 스치고 지나가며 아주 오래된 한

숨 소리 같은 것을 전해주었다.

3. 고향에 돌아와 승리의 찬가를 부르다
- 유방 〈대풍가〉

비탄과 절망의 노래 항우의 〈해하가〉와 쌍벽을 이루는 것이 환희와 자부심으로 가득한 유방의 〈대풍가大風歌〉이다. 항우와의 오랜 전쟁에서 승리하여 한나라 천하를 만든 유방은 몇 년 후 회남왕淮南王 영포英布의 반란을 평정하고 돌아가는 길에 잠시 고향 패현沛縣(페이시엔)에 들렀다(유방이 태어난 곳은 강소성 서주徐州 풍현豊縣이다. 패현은 풍현과 바로 인접해 있어서 역시 한고조 유방의 고향이라고 일컫는다). 금의환향한 유방은 고향 사람들을 초청하여 크게 잔치를 열고 자신의 영달을 마음껏 자랑한다. 농사꾼의 아들로 태어나 생업에도 힘쓰지 않고 날건달처럼 지낸 마을 사람들의 빈축을 샀던 그가 이제 천하를 호령하는 황제가 되어 돌아왔으니 그 자부심이 어떠했으랴. 몇 잔 축하주에 주흥이 오른 유방이 축築을 치면서 노래를 부른다.

큰 바람이 일어나 구름을 날리누나
위엄을 천하에 떨치고 고향에 돌아왔노라
어찌하면 용맹한 병사를 얻어 사방을 지키랴
大風起兮雲飛揚。
威加海内兮歸故鄉。
安得猛士兮守四方。

◆ 가풍대 유방 동상

　　패현 한성공원漢城公園 경내에 이 〈대풍가〉를 기념하여 지은 가풍대

歌風臺가 있다. ‘화하제일대華夏第一臺’, 중국의 제일가는 누대라는 뜻의

거창한 이름표를 달고 있는 이곳에 들어서면 한 손에 술잔을 들고 득

의양양 웃음 짓고 있는 한고조 유방의 동상이 있다. 해맑게 웃는 모습인 것으로 보아 아직 노래를 부르기 전인 듯하다. 기록에 따르면 그는 노래를 마친 뒤 감정이 격해져서 눈물을 흘렸다고 했으니 말이다. 동상 뒤로 자리한 요연당邀宴堂이라는 건물 안에 〈대풍가〉를 새긴 한나라 때의 비석이 있다. 후한의 학자 채옹蔡邕이 쓴 것으로 알려져 있는데, 아름다운 전서체의 글씨다. 높이는 1.7미터, 너비는 1.23미터이며, 중간이 갈라져서 철판으로 이어붙였고 아래 부분이 사라져서 글자 몇 개가 보이지 않는다. 2,000년 전의 오래된 비석에서 점점 희미하게 가물가물 사라져가는 글씨들에 힘찬 기개를 불어넣을 양으로 〈대풍가〉를 씩씩하게 읊어주고 가풍대를 떠났다.

4. 무례한 노인과 예의 바른 청년의 조우
─ 고비(沽邳, 구피) 이교(坵橋, 이치야오)

한고조 유방의 성공 비결은 무엇일까? 집단적 리더십 군책군력과 함께 지인선용知人善用이라는 그의 미덕을 성공의 요인으로 보기도 한다. 자신은 가지지 못한 재주와 능력을 갖춘 사람을 알아보고 그를 잘 활용해서 자신의 목적을 이루는 일에 능숙하다는 것이다. 중국 속담에 "울타리를 만들려면 최소한 세 개의 말뚝이 필요하다"라는 말이 있다. 말뚝을 뜻하는 중국어는 '봉棒'인데, 봉자의 발음인 [bang]과 돕는다는 뜻의 '방幫'자의 발음인 [bang]이 같다. 그래서 이 속담은 영웅이 자신의 원대한 뜻을 이루기 위해서는 자신을 돕는 유력한 조력자가 최소한 셋이 필요하다는 말이다. 이 속담 그대로 천하를 얻는 일에 유방의 말뚝이 되어준 세 명의 인재가 있었으니, 참모 장량張良, 장수 한신韓信, 재상 소하蕭何, 이른바 한나라 삼대 개국 공신이다. 이들 가운데 한신의 고향인 회안淮安을 찾아가기로 했다. 유방의 고향이 있는 서주에서 그리 멀지 않기 때문이다.

회안과 서주를 잇는 회서고속도로를 타고 달리면 약 두 시간이 걸린다. 서주를 출발하여 고속도로를 타고 한 시간 남짓 가다 보니 수녕睢寧이라는 어려운 글자를 쓴 지명이 나온다. 이 '수睢'자가 우리말 훈독에 '물이름 수'와 '흘겨볼 휴'가 있는데, 지명으로 쓸 경우는 '수'로 읽어야 한다. 이 수녕에 속해 있는 고비라는 동네에 초한지와 관련된 유명한 유적이 있다. 바로 또 다른 개국 공신인 참모 장량의 재미난 고사를 만들어낸 유명한 흙다리 이교圯橋이다. 어찌 그냥 지나칠 수 있겠는가? 한신은 잠시 제쳐두고 먼저 장량부터 만나기로 했다.

장량은 한나라의 귀족 출신으로 조부와 부친 모두 재상을 지냈을 정도로 명문 귀족이었다. 하지만 한나라가 진시황의 진나라에 멸망당하는 바람에 장량의 안온한 삶은 풍비박산이 되었다. 그는 모든 책임을 진시황에게 돌리고 그를 죽이기 위해 온 가산을 기울여 자객을 구한다. 하지만 어렵게 준비한 복수는 결국 실패로 끝나고 장량은 쫓기는 신세가 된다. 그가 하비下邳라는 곳에 숨어 살던 시절의 일이다. 장량이 저녁나절 산책을 나서 개울가 다리 쪽으로 지나가는데, 마침 그 다리 난간에 앉아 있던 어떤 노인 하나가 그가 다가오는 것을 보고는 자기 신발 한쪽을 벗어서 다리 아래로 떨어뜨렸다. 그러고는 다짜고짜 장량을 향해 이렇게 소리쳤다.

"얘야, 내려가서 신발 좀 가져오너라!"

장량은 어디 이런 경우 없는 노인네가 있는가 하고 속에서 천불이 올라왔다. 욕설을 퍼붓고 한 대 패주고 싶은 생각마저 들었다. 하지만 한번 꾹 참고 다리 아래로 내려가 신발을 가져왔다. 그러자 이번에는 한술 더 떠서 노인은 그 신발을 신겨달라고 요구했다. 장량은 이왕 시작한 일이니 좋은 일 한번 하자는 마음으로 무릎을 꿇고 신발을 신겨주었다. 그러자 노인은 흡족한 표정을 짓고는 일어나서 이렇게 말했다.

"어린것이 가르칠 만하구나. 닷새 뒤 새벽에 이곳으로 나오너라. 네게 줄 것이 있다."

장량은 노인의 약속대로 닷새 후 새벽에 그곳으로 갔다. 그런데 노인이 먼저 와 있었고, 그에게 화를 내며 꾸짖었다.

"어린놈이 노인보다 늦게 오다니 이게 무슨 짓이냐! 다시 닷새 후에 오너라!"

닷새가 지나고 장량은 이른 새벽 닭이 울자마자 일어나 그곳으로 갔다. 하지만 여전히 그 노인이 먼저 와서 다시 야단야단하는 것이었다. 다시 닷새 후 장량은 아예 전날 밤 자정부터 가서 기다렸다. 새벽이 되자 노인이 나타나더니 먼저 와 있는 장량을 보고 웃으며 말했다.

"진즉 이렇게 할 것을."

그러고는 장량에게 책 한 권을 건넸다.

"이 책을 읽게 되면 너는 임금의 스승이 되어 십 년 후에는 크게 공을 이룰 것이다. 훗날 제수의 북쪽 곡성산 아래에서 황석黃石을 보게 되면 그게 나인 줄 알거라."

장량이 노인에게서 받은 책은 병법의 대가인 강태공이 썼다고 하는 《태공병법》이었다. 그 후로 장량은 이 책을 열심히 읽어 병법의 대가가 되었고 유방의 참모로서 혁혁한 공을 세우게 된다.

◆ 황석공과 장량 동상

　이 이야기는 "흙다리 위에서 신발을 신겨드리다"라는 뜻의 고사성어 '이상경리圯上敬履'가 되어 지금에 전해지고 있다. 이 고사가 전하는 교훈은 무엇일까? 외부의 강력한 적을 이기기 위해서는 먼저 자신과의 싸움에서 이겨야 한다는 것이다. 분노를 참지 못하고 충동에 휩쓸려 욕설을 내뱉고 폭력을 행사한다면 자신과의 싸움에서 이미 진 것이다. 이런 사람이 외부의 강력한 적을 이길 수는 없다. 흙다리의 노인은 장량이 분노를 참고 자신과의 싸움에서 이긴 것을 보고 비로소 그에게서 진시황을 이길 가능성을 보았다. 그래서 "어린놈이 가르칠 만하구만"이라고 한 것이다. 먼저 자신을 이기는 법을 배운 장량은 훗날 외부의 강력한 적인 진시황을 넘어서 진나라까지 멸망시킬 수 있었다. 소동파는 이 장량을 논하는 글에서 이렇게 말한다.

> 보통 사람들은 욕을 먹으면 즉각 칼을 뽑아들고 일어서서는 몸을 곧추세워 싸움을 하는데, 이것은 용기라고 칠 수도 없다. 천하에 큰 용기를 가진 자가 있으니, 이런 자는 돌발적인 상황을 만나도 놀라지 않으며 이유 없이 수모를 당하여도 화를 내지 않는다. 이는 그의 가슴이 심히 넓으며 그 목표가 원대하기 때문이다.

장량이 노인의 무례함에 화를 내지 않고 끝까지 공손하게 대할 수 있었던 것은 그가 가슴에 원대한 뜻을 품은 '대용大勇'을 가진 자였기 때문이라고 본 것이다. 자신을 무시했다고, 모욕을 주었다고 곧바로 분노를 터트리고 싸우자 달려든다면, 이는 용기도, 원대한 목표도, 넓은 흉회도 없는 찌질한 필부라는 확실한 증거가 되는 것이다.

고비 경내 동남쪽에 이교가 있다. 아래로는 작은 개울이 흐르는데 아마도 옛날 성을 둘러 흐르던 호성하護城河의 일부분인 듯했다. 본래 이교의 '이圯'자는 흙으로 만든 다리라는 뜻인데, 지금은 흙이 아닌 시멘트로 만들어져 있다. 다리 중간 난간에 선명하게 새겨진 '이교' 두 글자가 아니라면 그 유명한 역사 이야기와는 아무런 상관이 없을 듯한 평범하기 그지없는 다리다. 이교에서 멀지 않은 곳에 장량전張良殿으로도 불리는 이원圯園이 있다. 장량을 기리는 사당이 있는 곳이다.

◆ 이교

사당 안에는 장량의 동상이 서 있고 그의 사적을 설명하는 그림이 걸려 있다. 늦은 가을날 찾아간 장량전은 건물이 퇴락하고 마당에 잡초가 수북이 자라 마치 폐허 같았다. 인적마저 드물어 괴기하기까지 했다. 서둘러 사당을 들여다보고 사진을 찍는데 건물 한쪽에서 검은 물체 하나가 부스스 몸을 일으켜 우리 일행을 바라본다. 깜짝 놀라 바라보니 나이를 가늠하기 어려울 정도로 늙어 보이는 초라한 행색의 노인이다. 고요한 사당의 가을 햇살을 받으며 포근하게 낮잠을 주무셨던 모양이다. 잠시 인사를 나누고자 했으나 소통이 어려워 일행에게 담배 두 개비를 얻어 공손히 드리고 작별했다. 마치 이교에서 장량이 황석공에게 공손하게 굴었던 것처럼 말이다.

5. 밥 한 끼를 천금으로 되갚은 영웅의 고향
- 회안(淮安, 화이안) 한신고리(韓信故里, 한신꾸리)

사마천은 항우의 실패를 논하는 글에서 '투현질능妬賢嫉能'이라는 용어를 제시한다. "현명하고 능력 있는 사람을 질투한다"라는 뜻이다. 실패의 이유를 항우가 자신보다 뛰어난 부하들을 질투하여 배제함으로써 그 능력을 활용하지 못한 때문으로 본 것이다. 유방의 군책군력 리더십과 딱 대척점에 있다. 항우가 질투했던 대표적인 인물이 바로 한신이다. 병법의 신선이란 뜻의 병선兵仙으로 불리는 전략의 귀재 한신이 초한전쟁 초기에는 항우 휘하에 있었다. 한신은 수차례 항우에게 유방을 격파할 전략을 제시했으나, 항우는 듣지 않았다. 항우는 자신이 생각지 못한 전략을 제시하는 한신을 질투해서 어린애처럼 굴었다.

"내가 그대보다 훨씬 많은 병법서를 읽었소. 전투 경험도 훨씬 많소. 그러니 이쯤에서 입을 다무시오!"

거듭된 거절에 한신은 결국 마음을 닫고 항우 곁을 떠나 유방에게 간다. 유방도 처음에는 한신의 능력에 의심을 보였으나 소하蕭何의 강력한 추천을 믿고 그에게 대장군의 직책을 맡긴다. 초한전쟁의 판도는 이때부터 달라졌다고 할 것이다.

서주에서 약 2시간 거리에 있는 회안淮安의 회음구淮陰區 경내에 한신고리가 있다. 한신과 관련 있는 유적들 몇 군데를 돌아보기로 했다. 첫 번째로 들른 곳은 표모漂母의 사당과 무덤이다. 표모는 전문적으로 남의 집 옷을 빨아주는 아낙네를 가리킨다. 한신이 아직 뜻을 얻지 못했을 때의 일이다. 이곳저곳 떠돌며 눈칫밥을 먹으며 늘 굶주리던 그가 어느 날 강가에서 낚시를 했다. 물고기라도 잡아 허기를 채우려는 것인데, 그 모습이 하도 애처롭고 불쌍했는지 강가에서 빨래하던 여러 표모들 중 한 사람이 자신이 싸온 음식을 반을 나눠 한신에게 주었다. 이런 적선은 그 표모가 빨래를 마칠 때까지 수십 일 계속되었다. 감동한 한신이 표모에게 말했다. "내가 훗날 부귀하게 되면 후하게 사례하겠습니다." 그러자 표모가 한심하다는 듯이 꾸짖었다. "네놈이 하도 불쌍해서 음식을 나눠준 것이다. 네깟 놈에게 무슨 보답을 바라고 했겠느냐!" 후에 한신이 유방을 도와 천하에 이름을 떨치고 제왕齊王으로 봉해진 뒤 금의환향하여 표모를 찾아 보답하고자 했으나, 표모는 이미 세상을 떠난 뒤였다. 한신은 천금을 내어 표모의 무덤을 높고 크게 수축하여 그녀의 선량한 마음을 기렸다.

이 이야기에서 나온 성어가 "밥 한 그릇을 천금으로 되갚다"라는 뜻의 '일반천금一飯千金'이다. 사당 중앙에 앉아 있는 표모의 모습이 후덕하고 인자하다. 표모의 좌우에는 '인간 세상 어찌 참된 남자가 없으랴人間豈少眞男子', '천고에 이런 부인 같은 사람 없다네千古無如此婦人'라는 대련이 걸려 있다. 그 옆으로는 낚싯대를 든 젊은 한신과 바구니를 든 표모가 나란히 마주보는 입상이 있다. 한신이 참된 남자임을 알아본 탓에 그에게 밥을 나누어 준 것인지, 하도 불쌍하고 가엾어서 그런 것인지야 확실치 않지만 어쨌든 수십 일을 그렇게 했다니 예사 사람은 아닌 것이 분명하다. 사당 뒤쪽으로 길이 50미터, 높이 20미터나 되는 거대한 봉분이 서 있으니 바로 한신이 천금을 들여 수축한 표모의 무덤이다. 왕릉처럼 거대한 무덤의 크기는 바로 어려운 시절 자신을 돌봐준 표모에 대한 한신의 고마운 마음의 크기일 것이다.

그런데 한신이 표모에게 늘 얻어먹기만 한 것은 아니다. 이곳 한신고리의 사람들이 전하는 이야기이다. 어느 날 강가 빨래터에 표모가

◆ 표모 사당

나오지 않았다. 한신이 동료 아주머니들에게 물어보니 앓아누워 있다는 것이다. 늙은 몸으로 고된 노동을 하자니 몸살이 난 것이다. 한신이 즉각 친구를 찾아가 급전을 청해 양고기 두어 근을 사고 자신이 강가에서 잡은 물고기를 함께 넣어 진한 국물이 될 때까지 잔불로 오래도록 고았다. 양고기와 물고기의 유별난 조합인데 아마도 한신이 독자적으로 개발한 레시피였던 듯하다. 이 별난 보양식을 먹고 표모가 건강해져서 강가로 나가 빨래 일을 계속하게 되었는지, 그래서 한신이 다시 그녀의 밥을 함께 먹을 수 있었는지는 확실치 않으나 이후로 한신이 개발했다는 양고기와 물고기의 조합은 '어양선魚羊鮮'이란 이름으로 불리며 지금까지 전해지고 있다. '선鮮'이라는 글자가 '물고기

◈ 표모 무덤

어魚'와 '양 양羊'으로 구성되어서 이 요리의 이름으로는 안성맞춤인 셈이다. 중국 요리에서 물고기와 양고기는 모두 귀한 음식 재료이다. 이 귀한 재료들이 합쳐진 요리이니 좋을 수밖에! 어양선 요리의 내력에 대해서는 천하를 주유하던 공자가 먹을 것이 없는 처지에서 개발한 요리라는 설도 있으나, 한신의 고향 마을에서는 한신의 레시피로 전해지니 그러려니 하고 맛을 보지 않을 수 없었다. 출출해지는 저녁, 한신고리 안내원이 적어준 쪽지를 가지고 찾아간 허름한 식당에서 진한 국물의 어양선 한 그릇 시켜 긴 여행의 피로를 풀었다.

이튿날 아침, 한신고리에 마련된 한후공원韓侯公園을 찾았다. 한신을 주제로 하여 만들어진 공원이다. 이 공원에 특별한 명칭의 다리 하나가 있다. 사타구니 밑 다리라는 뜻의 '과하교腨下橋'다. 이 괴상한 명칭의 다리는 한신 굴욕의 역사 현장이다.《사기 · 회음후열전淮陰侯列傳》에 나오는 이야기이다. 한신이 고향에서 천덕꾸러기가 되어 뭇 사람들의 따가운 시선을 받으며 건달처럼 떠돌던 시절, 마을에서 백정 일을 하던 사내 하나가 길을 가는 한신을 막아서며 조롱하며 말했다.

"네놈이 장대한 체구로 늘 큰 칼을 차고 다니는데, 겉모습이야 제법 그럴싸하지만 내가 보기에는 실상 천하에 둘도 없는 겁쟁이다. 칼은 폼 잡으라고 갖고 다니는 것이 아니다. 이 길을 가려거든 그 칼로 나를 찌르고 갈 것이요, 찌를 용기가 없다면 너는 허접한 겁쟁이가 분명하니 내 사타구니 밑으로 기어가야만 할 것이다."

마을 사람들 모두가 비웃음을 흘리며 한신의 모습을 지켜보고 있었다. 이쯤 되면 아무리 못난 사내여도 칼을 뽑아야 하는 것 아닌가. 그런데 한신은 자신을 바라보고 있는 마을 사람들을 한번 휙 돌아보더니 바로 고개를 숙이고 기어서 그 사내의 사타구니 밑으로 지나갔다. 백정 사내와 마을 사람들의 조롱 섞인 웃음소리를 뒤로하고 한신은 옷자락을 툴툴 털고 아무렇지 않은 듯 가던 길을 갔다. '과하지욕腨下 之辱'이라는 성어가 만들어진 배경이다. 훗날 큰 공을 이루고 금의환향한 한신은 자신을 욕보인 그 사내를 불러 벼슬까지 내려서 대인배의 풍모를 유감없이 보여주었다. 사람들은 그 일을 기념하여 다리 하나를 세우고 '과하교'라고 이름하였다는데, 굳이 다리로 지정한 것은 아마도 다른 길로 피할 곳이 없는 다리라야 이야기가 실감이 나서였을 것이다. 이 굴욕의 고사는 앞서 소개한 장량이 황석공을 만난 이야기와 동일한 교훈을 전한다. 이른바 '대용大勇'이다. 한신고리에 있는 한후공원 한쪽에 마련된 과하교 앞에는 한신이 사타구니 밑 수모를 당한

◈ 한신과하수욕처 비석

곳이라는 뜻의 '한신과하수욕처韓信胯下受辱處'라는 글씨가 쓰인 커다란
비석이 서 있다. 과하교를 건너면서 다시 소동파의 글을 떠올린다.

　　보통 사람들은 욕을 먹으면 즉각 칼을 뽑아들고 일어서서는 몸
　　을 곧추세워 싸움을 하는데, 이것은 용기라고 칠 수도 없다. 천하

에 큰 용기를 가진 자가 있으니, 이런 자는 돌발적인 상황을 만나도 놀라지 않으며 이유 없이 수모를 당하여도 화를 내지 않는다. 이는 그의 가슴이 심히 넓으며 그 목표가 원대하기 때문이다.

강소성 2
— 양자강
7장

장강이 안휘성을 지나 강소성으로 접어들면 바다에 이르러 생을 다할 때까지의 최후의 구간이 시작된다. 이 구간을 이르는 말이 우리가 흔히 장강의 대용으로 부르는 양자강揚子江(양쯔장)이다. 강소성 중부의 양주揚州는 남북을 잇는 경항대운하京杭大運河가 동서로 이어지는 장강과 만나는 교통의 요지로, 예부터 엄청난 재화가 집산하는 거대한 물류의 도시였다. 그래서 양주는 이 강소성 지역을 대표하는 도시가 되었고, 사람들은 자연스럽게 강소성을 흘러가는 장강을 양주의 강이란 뜻인 '양자강'으로 불렀다. 그리고 서양의 선교사들이 바다에서 장강으로 들어오면서 그 지역 사람들처럼 장강을 양자강으로 불렀는데, 이것이 장강 전체를 가리키는 말로 전용된 것이다. 이제 강소성을 흐르는 양자강을 따라 남경, 양주 등의 옛 도시를 여행하며 유구한 세월 장강이 실어 나른 흙과 모래로 이루어진 거대한 섬 숭명도崇明島까지 가서 장강을 이별할 것이다.

1. 용이 서리고 호랑이가 웅크린 제왕의 도시
— 남경(南京, 난징)

강소성의 성도인 남경은 중국의 오랜 고도로, 춘추시대에는 오吳나라에 속하였고, 전국시대 초반에는 월越나라에, 후반에는 초楚나라에 속하였다. 월나라 재상 범려范蠡가 이곳에 성을 쌓은 이래로 2,400년의 역사가 흘렀다. 범려가 성을 쌓았을 당시 남경을 범려성이라고 불렀는데, 기원전 333년 초나라가 월나라를 멸하고는 이곳을 금릉읍金陵邑이라고 칭한 이래로 남경은 흔히 금릉으로 불렸다. 삼국시대 오나라 손권은 이곳에 수도를 세우고 건업建業이라 불렀다. "공을 세워建功 창업을 하다立業"라는 뜻이다. 전하는 말에 따르면, 제갈량이 손권에게 "이곳 종산鍾山은 용이 서려 있고 석두산石頭山은 호랑이가 웅크리고 있는 기세이니 제왕의 자리로 수도를 세우기에 적당하다"라고 권하였다고 한다. 이것이 바로 남경을 용반호거龍蟠虎踞(용이 서리고 호랑이가 웅크리다)라고 칭하게 된 내력이다.

동진東晉 이래로 이른바 남조南朝에 속하는 송宋, 제齊, 양梁, 진陳의 네 왕조가 모두 이곳을 수도로 삼았다. 손권의 오나라부터 진까지 여섯 왕조가 남경을 도읍으로 삼은 셈이다. 명 태조太祖 주원장朱元璋이 전국을 통일하고 개봉開封을 북경北京으로, 이곳을 남경南京으로 삼았다. 남경이란 명칭은 여기서 비롯된 것이다. 1378년 주원장은 북경 개봉을 취소하고 남경을 유일한 수도로 삼았다. 그리고 21년의 장구한 시간을 들여서 이곳에 67리에 달하는 장대한 성벽을 쌓았는데, 600년이 지난 지금까지도 건재하다. 남경은 현재 강소성의 성도로, 수많은 명승과 유적을 갖춘 유람의 승지勝地이다. 당나라 두목杜牧의 〈강남춘

◈ 남경 진회하

절구江南春絶句)에 그려진 남경은 가히 몽환적이다.

천 리에 꾀꼬리 우는 붉고 푸른 강남
강마을 산마을 술집 깃발 펄럭이고
남조 시절 세운 사백팔십 절들
수많은 누대가 안개와 빗속에 잠겨 있어라
　千里鶯啼綠映紅，水村山郭酒旗風。
　南朝四百八十寺，多少樓臺烟雨中。

당나라 말기에 활동한 시인 두목이 남조의 고도인 남경을 방문해서 그 수려한 봄 풍경을 그려낸 그림 같은 시다. 꽃 붉게 피는 푸른 강남 땅 천 리에 꾀꼬리가 운다. 어촌, 산촌 가는 곳마다 주막 깃발이 바람에 펄럭인다. 얼마나 아름답고 정겨운가. 어느 곳을 바라봐도 아름답고, 어느 곳을 들어서도 반가이 맞아줄 것 같다. 혹여 봄날에 강소성을 여행할 일이 있거든 이 시의 두 구절은 반드시 외우고 갈 일이다. "치엔리 잉티 뤼잉훙, 쉐이춘 산궈 쥬치펑千里鶯啼綠映紅, 水村山郭酒旗風"(술을 좋아하는 사람이라면 둘째 구는 반드시 외워야 한다. 가는 곳마다 술집이 있다는 뜻이다). 혹시 봄비라도 자욱하게 내리게 되면 술 한잔 먹고 그윽하게 취하여 마지막 두 구절도 흥얼거려볼 일이다. 지금에야 절 대신 마천루가 빼곡하게 들어차 있겠지만 술 몇 잔 흥건해지면 그 건물들이 모두 남조 사백팔십 절로 보일 수도 있을 테니까.

안개는 차가운 강물을 덮고 달빛은 백사장을 덮고
진회하에 밤배를 대니 술집이 가깝구나
가녀歌女는 망국의 한도 모르는가
강 건너 여전히 후정화 노래를 부르고 있구나
烟籠寒水月籠沙, 夜泊秦淮近酒家。
商女不知亡國恨, 隔江猶唱後庭花。

두목이 쓴 〈진회하에 정박하다泊秦淮〉라는 시다. 진회하秦淮河(친화이 허)는 강소성 율수현溧水縣 동북쪽에서 나와 서쪽 남경시로 들어와 시내를 관통하여 장강으로 흘러들어가는 강이다. 전하는 말에 따르면, 진나라 때 만든 운하라고 해서 진회하라고 불렀다고 한다. 진회하는 육조시대부터 이곳 남경에서 가장 번화한 곳이었다. 이 운하를 통해 막대한 물자가 수송되었으므로 이 운하 양안으로 상가와 기루가 즐비했다. 세월이 흘러 운하도 좁아져 청대 중기 이후로는 배가 다니기도 어렵게 되어 번화한 풍경이 사라졌다. 그러나 근래에는 이곳을 도시민의 휴식공간으로 깨끗하고 운치 있게 정비해서 부근의 공자를 모시는 부자묘夫子廟와 함께 남경의 빼어난 승경勝景이 되었다.

　이 시는 시인이 밤에 진회하에 배를 대고 주막을 찾아 술잔을 기울이며 객수를 달래고 있을 때, 건너편 주막에서 들려오는 가녀의 노랫소리를 듣고 감회에 젖는 장면이다. 그 가녀가 부르는 '후정화後庭花'의 원래 명칭은 '옥수후정화玉樹後庭花'로, 남조의 마지막 왕조 진나라의 최후 황제인 후주後主 진숙보陳叔寶가 지은 노래다. 당시 진 후주는 이곳 금릉에서 성색에 침윤되어 정사는 돌보지 않고 종일토록 후궁 비빈들과 더불어 술을 마시고 시를 지으며 가무를 즐겼다. 결국 나라는 망하게 되었고 이 진 후주가 지은 옥수후정화는 '망국지음亡國之音(나라를 망하게 만드는 노래)'으로 불렸다. "진이 장차 망하려 하니 옥수후정화 노래가 만들어졌다"라는 말이 있을 정도였다. 당 왕조가 힘을 잃고 내리막길로 치닫고 있는 암울한 시절, 타향 술집에서 듣는 망국의 노래는 시인으로 얼마나 비감에 젖게 하였으랴! 남경을 여행하면 부자묘를 관광하게 되는데, 지나는 길에 잠시 진회하의 운치 있는 풍경을 보게 될 것이다. 대부분 한낮에 관광을 하게 되니 진회하의 고즈넉한 풍경을 감상하기는 어렵다. 강물이 보이는 다리에서 사진 한 장 찍고 서둘러 자리를 옮기는 것이 상례인데, 이렇게 되면 이 시를 음미할 방도가 없다. 될 수 있는 대로 일정을 마치고 나서 밤에 벗들과 약속해서 진회하를 다시 찾아가 보기를 바란다. 거기 강가 술집에 앉아 "진

◆ 저물녘 진회하

회하에 밤배를 대니 술집이 가깝구나夜泊秦淮近酒家"라고 흥얼거리다
보면 건너편 술집 어디선가 들리는 노랫소리가 그 옛날 어여쁜 여인
이 부르던 노래인 양, 달빛처럼 안개처럼 몽롱하게 가슴을 적실지도
모른다. 여행은 공간의 여행에서 시간의 여행으로 바뀌게 될 것이다.

이제 진회하의 남쪽 강안에 자리한 오의항烏衣巷(우이샹)으로 가보
자. 남경 여행에서 뺄 수 없는 여행지가 이곳 오의항이다. 풍경이 특
별하게 멋이 있어서가 아니다. 유명한 당나라 시인 유우석劉禹錫의 시
〈오의항〉이 있기 때문이다. '항'이라고 해서 '항구 항港'으로 착각해서
는 안 된다. 항구가 아니라 거리, 골목이라는 뜻의 '항巷'이다. 삼국시
대 오나라에서 이곳에 군부대를 두었다. 검은 군복을 입은 병사들이

상주했으므로 '검을 오烏'와 '옷 의衣'를 써서 오의항이라고 한 것이다. 후에 동진東晉 때에는 왕씨王氏와 사씨謝氏 등 권문세족들이 사는 부유한 동네가 되었다. 근래에는 이곳을 다시 손질하여 왕사고거王謝古居(왕씨와 사씨 세족들이 살던 옛집)를 재현하고 여행객들을 받고 있다. 이곳을 중당中唐 시기에 시인 유우석이 찾았다. 당대의 시인의 눈에 비친 오의항의 모습은 어떠했을까?

> 주작교 언저리 들풀은 꽃이 피고
> 오의항 골목에 석양이 기운다
> 옛날 왕씨 사씨 고대광실 앞을 날던 제비
> 이젠 평범한 백성들 집을 날아들고 있구나
> 朱雀橋邊野草花, 烏衣巷口夕陽斜。
> 舊時王謝堂前燕, 飛入尋常百姓家。

동진시대 최고의 부촌이었던 오의항은 그 이후로 쇠락했고 당唐대에 이르렀을 때는 왕년의 왕씨, 사씨들의 집들은 다 훼파되고 일반 백성들의 가난한 초가집들이 자리하고 있었다. 주작교는 오의항 주변에 있던 아름다운 다리인데, 그 주변에는 잡풀만 무성히 자라고 있다. 황폐해진 옛 거리를 석양이 비춘다. 아, 이곳이 그 옛날 동진을 주름잡던 왕씨, 사씨들이 혁혁한 권세와 부귀를 자랑하던 오의항이란 말인가. 세월의 무상함이, 인생의 덧없음이 절절하게 느껴진다. 이 시가 사람들 사이에 회자되면서 수많은 여행객이 찾아드니 오의항은 다시 생기를 얻게 되었다. 지금 이곳은 남경시에서 새로 정비해서 관광지로서의 면모를 갖추었는데, 여행객들이 넘치고 장사치들이 북새통이어

서 유우석 〈오의항〉의 쓸쓸한 분위기를 맛보기는 어렵다. 골목 입구
에 서 있는 모택동 특유의 휘갈기는 필체로 멋들어지게 쓴 〈오의항〉
시 전문을 찾아 사진 한번 찍고 돌아오면 될 것이다.

　이 시의 '제비 연燕'을 다른 글자로 바꾸어 활용하는 경우도 있다.
'연燕'을 '전錢'으로 바꾸어 "이전에 왕씨, 사씨 권문세족이 장악했던
경제력이 이제는 보통 백성들에게 공평하게 나뉘게 되었다"라고 쓰
기도 하고, '연'을 '력力'으로 바꾸어 "이전에 귀족에게 집중되었던 권
력이 이젠 모든 인민에게 나뉘어 평등한 세상이 되었다"라고 활용하
기도 한다. 이백은 젊은 시절 이곳에서 주로 놀았는데, 그의 시 〈금릉
주사유별金陵酒肆留別〉이라는 시에는 당시의 풍류 넘치는 남경의 모습
이 생생하다.

　　버들꽃 바람에 날려 향기 가득한 주막
　　오희는 술을 걸러 맛보라 권하네
　　금릉의 친구들 찾아와 전송하는데
　　떠나려는 자, 머무는 자 모두 술이 거나하네
　　그대여 동으로 흐르는 강물에 물어보게나
　　이별하는 이 마음 누가 더 길고 긴지
　　風吹柳花滿店香, 吳姬壓酒勸客嘗。
　　金陵子弟來相送, 欲行不行各盡觴。
　　請君試問東流水, 別意與之誰短長。

　젊은 시절 이백이 금릉金陵(지금의 남경)에서 놀다가 양주揚州로 떠나
면서 자신을 전송하는 금릉의 친구들에게 남긴 유별시留別詩(떠나는 사

154

람이 남아 있는 사람들에게 주는 시, 이별할 때 떠나는 사람에게 주는 시는 송별시이다)이다. '주사酒肆'는 술집이란 뜻이다. 시는 자유로운 고체시인데, 짧은 편폭에 호방하고 멋스러운 사내들의 이별 잔치의 풍경을 잘 그려 넣었다. 2구의 '압주壓酒'는 술을 걸러 짜내는 것을 의미한다. 버들 솜 날리는 봄날 타지로 떠나기 앞서 그동안 정들었던 친구들과 이별의 술잔을 기울인다. 아쉬운 마음에 술잔이 거듭 기울고 떠나는 자나 남은 자나 모두 그윽하게 취했다. 술기운에 한껏 고양되어 격정에 사로잡힌 이백이 소리 높여 외친다. "그대여, 동으로 흐르는 강물에 물어보게나, 강물이 아무리 길어도 이별하는 내 마음보다 길까?"

자신의 마음의 깊이를 강물에 비교하는 식의 표현은 이백의 증별시 贈別詩(이별할 때 주는 송별시나 유별시)에 흔히 등장하는 표현이다. 혹시 남경에 갔다가 중국인 친구라도 사귀게 된다면, 그와 이별할 때 술 한 잔 기울이며 이 시를 읊어봐도 좋을 것이다. 함께했던 시간들을 감사하며 서로의 앞길을 축복하는 송별연의 끝자리에서 이 시를 함께 읊어 아쉬운 마음을 전한다면 멋진 추억이 될 것이다. 그 옛날 시선 이백이 친구들과 함께 마시던 금릉의 술집은 이미 사라져 흔적도 없어졌지만 이 멋진 시가 남아서 이백의 멋진 풍류와 운치를 지금 남경의 모든 술집으로 보내고 있으니 어느 곳인들 버들꽃 향기 가득하지 않으랴, 어느 곳인들 오희의 권주가가 없으랴, 어느 곳인들 서로의 이별을 아쉬워하는 사람들의 진한 우정이 없으랴! 이제 이별시를 던지고 술에 취해 건들건들 나루터로 가는 이백의 뒤를 따라 양주로 가보자.

2. 젓대 소리 그윽한 달빛 도시
— 양주(揚州, 양저우)

강소성의 중심부에 위치한 양주는 대운하와 장강이 만나는 지점에 있어서 예부터 교통의 요지 중의 요지였다. 당나라 때 안녹산의 난으로 인해 장안과 낙양을 중심으로 한 북방의 경제력이 쇠퇴하고, 장강과 운하의 수로를 이용한 남방의 경제력이 성장하면서 양주는 사천의 성도成都와 더불어 최고의 상업도시가 되었다. '양일익이揚一益二(양주가 첫째, 익주益州(성도의 옛 명칭)가 둘째)'라는 표현은 그렇게 생긴 말이다. 양주는 본래 고대 중국의 지리 용어인 구주九州 중의 한 주로, 지금의 강소성, 절강성, 복건성, 강서성, 광동성 등을 포괄하는 거대한 행정구역을 가리키는 말이었는데, 이 개념과 지금의 도시 양주를 혼동하면 안 된다. 당, 송을 거쳐 크게 발전한 양주는 그 경제력에 걸맞게 화려한 문화예술의 도시로 거듭났고 이를 즐기려는 천하의 부상들과 풍류객들이 모여들었다.

어느 날, 네 명의 친구가 모여서 자신의 꿈을 말했단다. 한 친구는 돈 많은 상인이 되고 싶어 했고, 다른 한 친구는 권세 있는 높은 관리, 특히 양주의 관리가 되고 싶다 했다. 또 다른 한 친구는 돈 많고 권세가 있어도 일찍 죽어버리면 무슨 소용이냐면서 자신은 장수하는 신선이 되고 싶다 했다. 마지막 친구가 골똘히 생각했다. 재물, 권세, 장수, 이 세 가지 외에 다른 무엇이 남아 있는가? 어차피 꿈을 이야기하는 것이니 좀 황당하면 어떠랴. "나는 허리에 만금을 두르고 신선이 타는 학을 타고 양주로 가서 관리로 부임하겠소이다! 하하하!" 이 이야기에서 비롯된 전고가 '양주학揚州鶴'이다. 조금도 부족함이 없는 가장

◈ 양주 수서호

이상적인 상태를 가리키기도 하고, 이루어질 수 없는 헛된 망상을 뜻하기도 한다. 이 고사에서 알 수 있듯이 양주는 모든 사람이 선망하는 도시였다. 이백이 호북성 황학루에서 양주로 가는 친구 맹호연에게 "꽃이 흐드러지게 피는 삼월, 연화삼월에 그대는 양주로 가는구려"라면서 한없이 부러워했던 곳이다.

양주의 옛 모습이 잘 남아 있는 곳이 바로 양주 북쪽에 자리한 수서호瘦西湖다. 수서호는 본래 양주 성 밖을 흐르는 넓은 강물이었는데, 이곳 강변에 부호들의 아름답고 호화로운 별장이 우후죽순 들어서면서 사람들의 주목을 받게 된 곳이다. 청나라 건륭 연간에 항주杭州 출신의 왕항汪沆이란 시인이 이곳의 풍경을 보고 감탄하면서 "한 솥의 금을 녹여 날씬한 서호를 불러냈구나也是銷金一鍋子, 故應喚作瘦西湖"라고 시를 쓰면서부터 이곳은 날씬한 서호라는 뜻의 수서호가 되었다. 항주의 서호처럼 아름답지만 강물을 따라 조성되었기 때문에 호수의 형태가 좁고 길어 '마를 수瘦'자를 붙여 표현한 것이다. 수서호는 청대 중기에 최전성기를 맞았지만 이후 육상교통이 발전하면서 쇠퇴한 운하와 명운을 같이해 쇠락을 거듭했다. 그러나 1949년 신중국이 성립된 이후로 꾸준히 옛 건물들을 복구하여 지금에 이르러서는 고풍스런 멋이 가득한 양주 최고의 명승이 되었다.

호수 주변과 호심의 섬에 조성된 옛 건축물들은 하나같이 영롱한데, 이 중에 가장 유명한 건축은 강물을 가로질러 세운 '오정교五亭橋'라는 다리다. 정자 다섯 개가 다리 위에 서 있어서 붙여진 이름이다. 청 건륭 연간에 지어져서 200년의 역사를 지니고 있는 이 다리는 연화교蓮花橋라는 별칭이 있을 정도로 중국에서 가장 아름다운 다리로 꼽힌다. 처마가 날렵한 두 겹의 지붕을 얹은 정자가 중앙에 조금 높게 서 있고 사방에 네 개의 정자가 있는데, 모두 황색 유리 기와를 얹고 꼭대기에는 녹색 유리 보정寶頂을 세워서 영롱하게 아름답다. 교각은 중간에 아치형인 통로 세 곳을 만들어 배가 통행할 수 있게 만들었고, 네 개의 정자를 받치고 있는 교각마다 세 곳의 작은 교공橋孔을 만들어 총 15개의 교공을 갖춘, 직선과 곡선의 조화가 아름다운 다리로 만들었다. 이 다리는 양주의 표지 건축으로도 유명한데, 음력 팔월 보름달이 뜰 때 이 다리 밑으로 배를 저어가면 이 다리의 둥근 교공마다 15개의 달이 떠올라 하늘에 있는 달까지 총 16개의 달이 뜬 것을 볼 수 있다고 한다.

양주는 달이 특별히 아름다워 달의 도시 '월량성月亮城'으로도 불린다. 당나라 시인 서응徐凝이 양주를 추억하며 쓴 〈억양주憶揚州〉에 "천하의 달빛이 셋이라 한다면, 그중에 둘은 양주 차지라네天下三分明月夜, 二分無賴是揚州"라고 쓴 이래로 양주는 달빛이 가장 아름다운 도시가 되었다. 달빛이야 어디든 다를 것이 있겠는가. 달빛이 빚어내는 정서를 가장 아름답게 구현하는 도시라는 뜻이다. 달빛과 어울리는 자연과 건물이 있고, 달빛을 노래하는 시인이 있고, 달빛 아래 춤을 추는 미인이 있다는 뜻이다. 수서호 중간에 소금산小金山이라 부르는 섬이 하나 있다. 이곳에 빼곡히 들어선 아름다운 건물들 중에 월관月觀이라는 특별한 건물이 있는데, 이곳에서는 양주에서 가장 아름다운 달을 볼 수 있다. 건물은 서쪽에 기대어 달이 떠오르는 동쪽 호수를 향하고 있다. 밝은 달이 떠오를 때, 난간에 기대어 바라보면 천상의 달과 호수의 달이 서로를 비추어 온 천지가 휘황한 달빛으로 빛난다. 월관 기둥에는 청나라 화가 정판교鄭板橋가 쓴 "달이 뜨면 온 땅엔 은빛 물결, 구름이 일면 온 하늘엔 산봉우리月來滿地水, 雲起一天山"라는 멋진 주련이 새겨 있다. 달빛의 도시 양주를 더욱 유명하게 만든 작품은 당나라 두목이 양주 판관으로 있는 벗에게 보낸 〈기양주한작판관寄揚州韓綽判官〉이다.

청산은 어둑하고 물길 아득한 강남 땅
가을 다해도 풀 아직 시들지 않았겠지
이십사교에 달빛 밝은 밤
옥같이 아름다운 사람 어디서 퉁소를 가르치시나
青山隱隱水迢迢, 秋盡江南草未凋。

◆ 수서호 이십사교

二十四橋明月夜, 玉人何處教吹簫。

이 시에 나오는 '이십사교'는 양주에 있는 스물네 곳의 다리를 말한다는 설도 있고, 스물네 명의 아름다운 여인들이 달밤에 함께 모여 통소를 불었다는 오가교吳家橋를 특정하여 말한다는 설도 있다. 어찌되었든 두목의 이 시로 인해 달빛 아래 통소 소리 은은한 이십사교는 양주에서는 물론이고, 한시의 영토에서 가장 운치 있고 설레는 공간이 되었다. 수서호 오정교 옆에 이 다리를 무지개처럼 예쁘장하게 만들어놓았는데, 다리 이름에 걸맞게 난간을 따라 24개의 작은 기둥을 세웠다. 생각해보니 달을 노래한 가장 유명한 시, 이백의 〈정야사靜夜思〉역시 이곳 양주에서 창작된 것이다. "고갤 들어 밝은 달을 보고, 고갤 숙여 고향을 생각하네擧頭望明月, 低頭思故鄉." 이 천고의 명구는 양주의 달빛이 아니었다면 천하의 이백도 만들기 어려웠을지 모른다.

수서호를 나와 옛 운하의 모습도 찾아가보고 양주 볶음밥도 맛보면서 양주의 일정을 마무리했다. 이제 장강의 마지막 종착지 숭명도로 간다. 양주에서 숭명도까지는 330킬로미터가 넘는 먼 길이다. 일찍 잠자리에 들었건만 잠은 오지 않는다. 낡은 수첩 속에 적힌 오래된 시를 꺼내어 읊조렸다. 2002년 봄날, 처음 양주를 노닐며 지은 시다. 어눌하고 진부하지만 양주의 옛 자취를 더듬는 회고의 정회가 긴 세월을 넘어 다가온다.

양주 여관 홀로 기울이는 술잔
명월은 어느 하늘에서 밝게 빛나고 있을까
시인 없는 서령탑栖靈塔 텅 비어 높고

주인 없는 평산당平山堂 풀꽃 속에 잠자네

옥 같은 사람 어디에서 퉁소를 가르칠까

수양제 행궁은 채마밭이 되었는데,

창 밖 봄바람 또 십 리를 불어가니

옷 걸치고 나아가 바람 앞에 설까나

揚州旅館獨傾酒，　明月何天格外圓。

靈塔空高無騷客，　山堂失主草花眠。

玉人何處敎吹簫，　煬帝行宮變菜田。

窓外春風還十里，　披衣出路站風前。

- 김성곤, 〈양주잡영揚州雜詠〉

3. 바다로 가는 장강을 전송하다
- 숭명도崇明島 장강구長江口

숭명도는 장강 삼각주에 있는 거대한 섬이다. 유구한 세월 장강이 실어온 모래가 쌓여 형성된 사주沙洲인데, 얼마나 큰지 중국에서 대만, 해남도에 이어 세 번째로 큰 섬이다. 1,200제곱킬로미터가 넘는 광활한 대지는 삶을 마치기 전 마지막 남은 모든 사랑을 쏟아부은 장강 덕에 토양이 비옥하기 그지없어 수목이 무성하고 물산이 풍부하여 '어미지향魚米之鄕'으로 이름이 높다. 숭명도가 모습을 갖추기 시작한 것은 1,300년 전 당나라 때부터다. 그전까지는 바다가 내륙 깊숙이 들어와서 장강이 바다로 빠지는 하구河口가 양주와 진강 일대에 있었다. 현재 숭명도는 대부분의 지역이 상해에 속해 있는데, 교통의 편

◆ 장강 하류

의를 위해 섬 동남쪽과 상해 동북쪽을 잇는 거대한 다리 상해장강대
교上海長江大橋가 2009년에 건설되었다. 총 길이는 16.5킬로미터로, 아
래로 큰 배들이 통과할 수 있도록 730미터의 높이에 인ㅅ자 형상으
로 건설되었다. 숭명도는 동서의 길이는 76킬로미터, 남북의 길이가
13~18킬로미터여서 마치 길게 누워 있는 듯한 누에 형상이다. 장강
은 이 누에의 서쪽 머리끝에서 남북으로 갈라져서 두 줄기로 바다로
들어간다. 남쪽을 흘러가는 장강 물줄기는 상해를 거쳐온 마지막 장
강의 지류인 황포강黃浦江을 만나 함께 어깨동무하고 바다로 간다.

숭명도 특산인 노백주老白酒(라오바이지우)에 또 다른 특산인 털게를
안주로 하여 여러 잔 기울이고는, 바다인지 강인지 구분하기 힘든 드

넓은 장강구에 나가 장강과 이별하였다. 사천성 의빈을 출발하여 이곳 숭명도의 강하구에 이르기까지 장강을 따라 떠돈 짧지 않은 세월 탓에 바다로 향하는 장강과의 마지막 인사가 퍽이나 유정하였다. 여행길 내내 벗이 되어준 소동파의 〈염노교念奴嬌〉를 불러 송별의 인사를 대신하였다.

장강은 동으로 흘러가며
천고의 풍류인물을 휩쓸어 가버렸구나
사람들 말하기를
옛 보루堡壘 서쪽에 주유의 적벽이 있다 하네
어지러운 봉우리 하늘을 뚫고
놀란 파도는 강기슭을 때리며
천 무더기 눈 더미를 말아 올리고 있네
강산은 그림 같은데
한 시절 영웅호걸 얼마나 많았던가
멀리 한창나이의 주유를 생각하니
아름다운 소교가 갓 시집왔을 때
그이는 얼마나 씩씩하여 멋졌을까
두건을 두르고 깃 부채를 손에 쥐고
담소하는 사이에 적의 배들은 재가 되어 사라졌지
고향으로 가는 마음이여
다정한 그대 나를 보고 웃겠지
벌써 머리 희어졌다고
삶은 한바탕 꿈과 같은 것

한 잔 술을 강에 비친 달에 따른다네

大江東去, 浪淘盡, 千古風流人物。

故壘西邊, 人道是, 三國周郎赤壁。

亂石穿空, 驚濤拍岸, 捲起千堆雪。

江山如畫, 一時多少豪傑。

遙想公瑾當年, 小喬初嫁了, 雄姿英發。

羽扇綸巾, 談笑間, 檣櫓灰飛煙滅。

故國神遊, 多情應笑我, 早生華髮。

人生如夢, 一尊還酹江月。

2부

황하

그대 보지 못하는가,

황하의 물이 하늘로부터 흘러내리는 것을!

君不見, 黃河之水天上來!

_이백, 〈장진주〉 중

이 광대하고 장엄한 풍경에 압도되지 않을 사람
이 있을까? 넋을 놓고 바라보고 있는 동안 햇빛
이 이울고 바람은 높이 불면서 구름을 몰아오고
있었다. 그리고 그 구름과 햇빛을 따라 비천飛天
의 댕기처럼 황홀한 구곡황하의 물줄기는 은빛
으로 빛나다가, 금빛으로 물들다가 하면서 시시
각각 색다른 자태를 뽑아내고 있었다. 과연 이
황하를 따라 거슬러 올라가면 은하수까지 도달
할 것 같은 신비로운 느낌이 일었다.

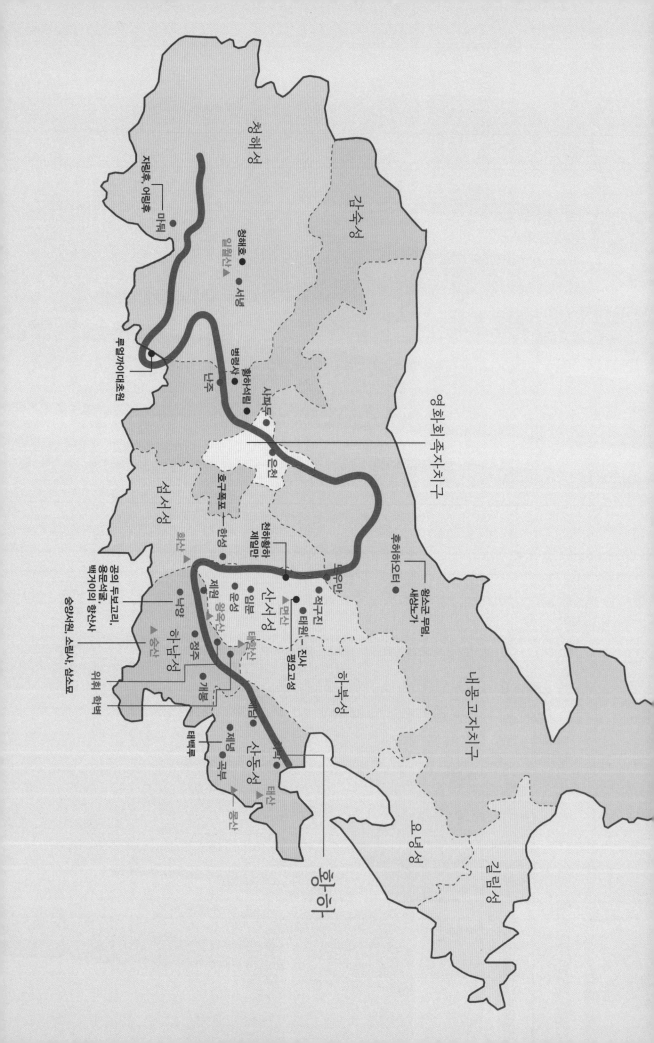

황하원

황하는 청장고원에서 발원해서 아홉 개의 성 청해, 사천, 감숙, 영하, 내몽고, 섬서, 산서, 하남, 산동까지 5,464킬로미터를 흘러 발해만으로 흘러드는 중국에서 두 번째로 긴 강이다. 중국인에게 황하는 어머니의 강, 모친하母親河로 불린다. 황하 중하류 지역의 비옥한 땅에서 중국 문명이 시작되었기 때문이다. 황하는 산지 위주의 상류, 황토고원 위주의 중류, 평원과 구릉 위주의 하류로 구분되는데, 중류의 황토고원 지대를 지나면서 대량의 황토를 함유하여 누런색의 탁한 강물이 된다. 대략 매년 16억 톤의 황토가 강물에 실려서 바다로 가는데, 12억 톤이 바다로 유입되고 나머지 4억 톤이 황하의 하류지역에 쌓이면서 비옥한 충적토의 평원 지대를 길러내는 것이다. 황하를 따라가는 여행은 상류, 중류, 하류의 구간을 세 차례로 나누어 탐사하는 것으로 계획했다.

황하 상류는 황하원 발원지에서 부터 내몽고까지 길이 3471.6킬로미터에 이르는 긴 구간이다. 청해성 청장고원의 황하원 샘물에서 시작된 강물은 여러 호수와 물줄기들을 만나 몸집을 불리면서 동쪽으로 흘러가다가 사천성과 감숙성이 교차하는 지점에서 다시 북쪽으로 방향을 틀어 S자로 청해성 동남 지역을 훑고, 다시 동진하여 감숙성 중부로 들어온다. 감숙성에 들어온 뒤로 강물은 45도 각도로 북동쪽으로 흘러서 감숙성 난주蘭州와 영하회족자치구 은천銀川을 지나 내몽고의 경내로 진입한다. 내몽고 중심부까지 올라온 황하는 내몽고 제2의 도시 바오터우包頭를 거쳐서 성도 후허하오터呼和浩特 남쪽 퉈커퉈托克托까지 동쪽으로 흐르다가 다시 방향을 바꿔 섬서성과 산서성의 경계를 이루는 진섬대협곡晉陝大峽谷으로 남진하면서 중류로 진입한다.

1. 은하수 흘러내리는 초원
- 구곡황하제일만九曲黃河第一灣

황하원 발원지까지 가려면 청해성 서녕西寧으로 들어가는 것이 수월하겠지만, 우리 일행은 사천성 성도로 들어가 여행을 시작했다. 황하의 최고의 경치 중 하나인 구곡황하제일만이 청해성, 감숙성과 인접한 사천성 북부의 루얼까이 대초원에 있기 때문이다. 먼저 구곡황하를 본 후에 청해 남부 고원 지대를 횡단하여 황하원이 있는 마둬까지 가면 될 것이다. 길이 멀고 험하겠지만, 청장고원 산악 지대의 이색적인 풍광을 즐길 수 있을 것이라는 기대가 있었다.

성도에서 루얼까이까지는 470킬로미터로, 대략 8시간이 소요된다. 사천성의 녹보석으로 불리는 루얼까이 대초원은 중국의 3대 습지 중

하나로, 사천성, 감숙성, 청해성에 걸쳐 있다. 청장고원의 동쪽 끝에 자리해서 해발 고도가 3,000미터를 훌쩍 넘는 고원지대 초원이다. 동쪽의 민산岷山, 남쪽의 공래산邛崍山, 서쪽의 과낙산果洛山, 북쪽의 진령산맥秦嶺山脈 등에 둘러싸여 총면적 5.3만 제곱킬로미터에 달하는 거대한 분지를 이룬다. 주변 산에서 흘러내리는 수많은 하천이 지나면서 형성된 광대한 푸른 초장은 야크와 양을 기르기에 최적인 환경이다. 루얼까이는 이 지역을 다스렸던 티베트 관리의 이름에서 비롯되었다고 하는데, 그 본래의 뜻은 '야크가 좋아한다'라는 뜻이다.

　루얼까이 현성에서 서쪽으로 약 60킬로미터를 가면 탕커쩐唐克鎭 마을에 이르고, 거기서 북쪽으로 약 10킬로미터 정도 더 가면 구곡황하제일만에 도착한다. 고원 지대의 대초원 한복판을 유려한 곡선을 이루며 흘러가는 황하의 제1경, 구곡황하제일만이다(여기서 만灣은 바다가 육지 속으로 파고든 곳을 말하는 게 아니고, 강물이 굽어지어 흐르는 곳을 뜻한다). 이 황홀한 풍경을 제대로 볼 수 있도록 풍경구 앞쪽 높은 산 언덕에 전망대가 갖추어져 있다. 산 아래에서 잠깐 바라본 경치에도 이미 마음을 빼앗긴 터라, 속히 전망대에 올라 이 천하의 절경을 감상하고 싶은 마음이 간절해진다. 전망대가 있는 산봉우리는 그리 높지 않지만 평지가 이미 해발 3,500미터를 넘기 때문에 계단을 오르기가 여간 힘든 게 아니다. 마음은 조급한데 숨이 가쁘고 발걸음은 느려진다. 산중턱에 이르러서 결국 참지 못하고 고개를 돌려 구곡황하제일만을 바라본다. 끝없이 너른 초원과 낮게 드리운 하늘이 맞닿은 아득한 곳으로부터 하얀 비단 띠 같은 황하가 거대한 S자형으로 춤을 추듯 초원을 가르며 흘러온다. 절로 이백의 시구가 터져 나온다. "군불견, 황하지수천상래!君不見, 黃河之水天上來", "그대 보지 못하는가, 황하의

◈ 구곡황하제일만

물이 하늘로부터 흘러내리는 것을!" 천상의 물이 인간 세상으로 내려
오는 현장을 보고 있는 것이다. 이 광대하고 장엄한 풍경에 압도되지
않을 사람이 있을까? 넋을 놓고 바라보고 있는 동안 햇빛이 이울고
바람은 높이 불면서 구름을 몰아오고 있었다. 그리고 그 구름과 햇빛
을 따라 비천飛天의 댕기처럼 황홀한 구곡황하의 물줄기는 은빛으로
빛나다가 금빛으로 물들다가 하면서 시시각각 색다른 자태를 뽑아내
고 있었다. 과연 이 황하를 따라 거슬러 올라가면 은하수까지 도달할
것 같은 신비로운 느낌이 일었다.

　한나라 때 비단길을 개척한 것으로 유명한 장건張騫이 한 무제의 명

을 받아 황하의 발원지를 탐사한 적이 있었다. 민간에 전해지는 전설에 의하면 장건은 우여곡절 끝에 마침내 발원지까지 도착했는데, 그곳에서 베를 짜고 있는 아름다운 여인과 소를 끌어 강물에서 물을 먹이고 있는 건장한 사내를 만나게 된다. 돌아가는 장건에게 여인은 자신이 쓰던 베틀을 고정하는 커다란 돌 지기석支機石을 선물한다. 후에 장건이 촉蜀 지방에 사는 신비로운 학자 엄군평嚴君平에게 돌을 보여주었더니 엄군평은 그 돌이 바로 직녀가 쓰던 돌이라고 설명한다. 그제야 장건은 자신이 은하수까지 갔음을 알게 되었다.《형초세시기荊楚歲時記》라는 책에 실린 이야기이다. 황하가 은하수와 연결되어 있다는 이 낭만적인 전설은 이야기꾼들의 입담에 기대어 여러 형태로 각색되기도 하고 여러 시인의 붓끝에서 멋진 시로 읊어지기도 했다.

구곡황하가 펼치는 무한 감동의 파노라마에 넋을 놓고 앉아 있다가 해가 저물 때가 되어서야 부랴부랴 강가로 가서 강물과 인사를 나누었다. 이제부터 본격적으로 황하를 따라 여행을 할 판이니 앞으로 계속될 긴 여정에서 벗처럼 즐겁게 동행하자며 친근하게 인사했다. 손 내밀어 황하의 물결을 어루만졌더니 그이도 잔잔한 웃음으로 포근하게 화답하였다. 이미 어둑해져가는 강가를 거닐며 당나라 시인 유우석의 〈낭도사浪淘沙〉를 멋스럽게 불러 황하를 거슬러 올라가는 이 여행의 설렘을 만끽했다.

만 리 황하 굽이굽이 모래를 안고 흘러

물결을 출렁이며 하늘 끝에서 오는구나

이 강물 따라가면 은하수까지 갈 수 있으려니

우리 함께 견우와 직녀의 집까지 가보세나

九曲黃河萬里沙, 浪淘風簸自天涯。

如今直上銀河去, 同到牽牛織女家。

저만치 사천성 북부를 흐르는 백하白河의 맑은 강물과 나란히 어깨동무한 채 황하가 너울너울 어둠 너머로 흘러가고 있었다.

루얼까이 대초원에는 장족藏族이 산다. 야크와 양을 기르는 목축이 주업인 이들은 여름에는 가축들을 데리고 좋은 풀이 자라는 목초지로 이동해 여름 내내 그곳에서 생활한다. 광활한 대초원 곳곳에 야크와 양 떼를 풀어놓고 말이나 오토바이를 타고 다니면서 가축들을 관리한다. 야크는 중국어로는 '마오니우牦牛'라고 하는데, '소 우牛'자에다가 '털 모毛'자를 붙여 만든 글자에서 알 수 있듯이 털이 길게 자라는 소이다. 한랭한 고원 지대에 적응하도록 진화한 것이다. 야크는 장족들에게 없어서는 안 될 가축이다. 장족들은 야크의 젖을 마시고 야크의 고기를 먹으며 야크의 똥으로 불을 지펴 생활한다. 야크의 털과 가죽으로 옷과 장막을 만들고 야크를 이용해 밭을 갈고 짐을 실어 나른다. 그야말로 '전능'의 가축인 셈이다. 전 세계 야크 중 95퍼센트가 중국의 청장고원에 살고 있다.

길을 가다가 야크 젖을 짜고 있는 장족 가족을 만났다. 넓은 목장 이곳저곳 흩어져 있는 야크들을 불러서 젖을 짜려면 이 녀석들을 유인해야 하는데, 그때 필요한 것이 소금이다. 야생에서 스스로 소금을 구하기는 어려운 터라 야크들은 소금을 내미는 주인의 손길을 뿌리칠 수가 없다. 그렇게 주인의 손에 이끌려 와서 젖을 내준다. 장족 아주머니의 능숙한 손놀림으로 야크 젖이 힘차게 뿜어져 나온다. 호기심에

174

◈ 야크 젖을 짜고 있는 장족

아주머니의 허락을 받고 젖을 짜보려고 나섰는데 생각대로 젖이 나오
지 않았다. 내 어설픈 손놀림에 급기야 짜증이 난 야크가 뒷발질을 해
대며 거부 의사를 분명하게 하는 바람에 멋쩍게 물러설 수밖에 없었

다. 젖을 다 짠 아주머니를 따라 그들이 거처하는 여름 장막으로 가서 가족들과 인사했다. 젊은 아들 부부가 친절하게 차를 대접한다. 찻잎에 소금을 넣어 끓인 후에 야크 젖으로 만든 버터를 넣어 만든 수유차酥油茶다. 한랭한 고원 지대에서 지내는 장족들에게 어한용 음료로는 더할 나위 없이 좋다. 이 수유차와 함께 짬바糌粑를 만들어 주식으로 먹는데, 짬바는 고원에서 자라는 칭커靑稞를 수확하여 만든 미숫가루 분말에 수유차와 설탕 등을 넣어 반죽으로 만든 것이다. 젊은 아들이 직접 나서 만든 짬바를 어린아이들과 함께 나누어 먹으면서, 며느리가 거듭 따라주는 따뜻한 수유차를 마시면서 여행길의 피로를 풀었다.

2. 아기 황하의 말간 얼굴을 찾아서

– 마둬 황하원黃河源

루얼까이 대초원을 떠나 황하원이 있는 마둬로 향했다. 아바장족자치주로부터 마둬까지는 767.5킬로미터, 쉬지 않고 달려도 11시간 넘게 걸리는 장거리다. 중간쯤에 위치한 다르達日시에서 하루 쉬어 갔다. 고도 4,000미터를 넘는 산악 지대를 굽이굽이 지나 가파른 고갯길에 오르면 어김없이 룽다隆達의 신성한 깃발들이 세찬 바람에 펄럭이고 있었다. 룽다는 불교 경전의 구절을 인쇄한 수많은 작은 깃발들을 마치 만국기처럼 긴 줄에 연결해서 높은 장대에 매달아놓은 장족의 종교 양식이다. 중국어로는 경전 깃발이란 뜻의 '경번經幡'으로 부르기도 하고 룽다의 본래 뜻을 따라 바람 말의 깃발이란 뜻의 '풍마기風馬旗'로 부르기도 한다. 부처님의 가르침이 만 리를 달려가는 바람에 실려

◈ 장족의 종교 양식, 룽다 깃발

서 만방에 퍼지고, 그 가르침으로 만민이 구원을 얻고 행복에 이르기를 바라는 것이다. 룽다의 깃발 뒤로는 뾰족한 바위산들이 장엄하게 솟아 있고 솜털처럼 하얀 구름이 눈부시도록 푸른 하늘을 수놓고 있었다. 고갯마루에 차를 세우고 신성한 땅에 내리는 투명한 햇살을 만끽하며 오랫동안 산봉우리와 구름을 감상했다.

초산에도 진산에도 흰 구름

흰 구름 어디서나 늘 그대를 따른다네

그대 초산으로 들어가면

구름도 그대를 따라 상수를 건너간다네

맑은 상수 강가에서

덩굴 풀 옷 입고 지내는 그대여

흰 구름 누워 지낼 만하니

어서 빨리 돌아가시게나

楚山秦山皆白雲, 白雲處處長隨君。

長隨君, 君入楚山裏, 雲亦隨君渡湘水。

湘水上, 女蘿衣, 白雲堪臥君早歸。

이백이 지은 송별시 〈백운가송유십육귀산白雲歌送劉十六歸山〉이다. 장안에서 호남으로 돌아가는 유씨 성의 은자隱者를 전송하는 시인데, 흰 구름의 자유롭고 순결한 이미지를 빌려서 물욕의 세계를 벗어나 무욕의 땅으로 가는 은자에 대한 각별한 심사를 표현했다. 흰 구름은 종종 세상을 피해 깊은 산으로 숨어든 은자를 비유하는 말로 쓰인다. 세상의 억압으로부터 자유로운 것이 흰 구름의 자유로움과 닮아 있고, 온갖 물욕으로부터 한걸음 벗어나 있는 것이 흰 구름의 순결한 이미지와 맞아떨어지기 때문이다.

위진남북조시대 남제南齊의 도홍경陶弘景이라는 은자는 높은 학식과 지혜를 갖춰 황제로부터 존중을 받았다. 나라에 일이 생기면 황제는 사신을 보내 산중에 거하는 도홍경에게 자문을 구하곤 했으므로 사람들은 그를 '산중재상山中宰相'이라 부르며 존경을 표했다. 황제는 그에게 거듭 출사를 요구했으나 도홍경은 끝내 거절했다. 황제가 사신을 보내 물었다. "도대체 산중에 무엇이 있다고 그러시오?" 그러자 도홍경은 시 한 수를 지어 황제에게 보냈다.

산중에 무엇이 있느냐 하셨지요
봉우리마다 흰 구름이 많답니다
그저 스스로 즐길 수 있을 뿐이니
임금께는 보내드릴 수 없답니다
山中何所有, 岭上多白雲。
只可自怡悦, 不堪持 贈君。

구름처럼 유유자적하고 있는 자신은 임금의 권세로부터도, 임금이 보장하는 부귀영화로부터도 훨훨 자유로운 존재임을 설명하고 있는 것이다. 임금에게는 흰 구름을 전해드릴 수가 없다는 말에서 이런 고상한 가치를 임금과는 공유할 수 없다는 대단히 불경한(?) 자부심이 드러난다. 이 시로부터 흰 구름과 은자는 떼려야 뗄 수 없는 불가분의 관계가 되었다. 흰 구름이 은자요, 은자가 곧 흰 구름인 것이다. '퇴고推敲'라는 말로 유명한 당나라 시인 가도賈島의 시 〈심은자불우尋隱者不遇〉에도 은자와 구름이 등장한다. 산중에 있는 은자를 찾아갔으나 끝내 만나지 못해서 쓴 시이다.

소나무 아래서 동자에게 물으니
스승께서는 약초 캐러 가셨다 하네
이 산중에 계신 것만 알 뿐

구름이 깊어 어딘지 알 수 없다 하네

松下問童子, 言師採藥去。

只在此山中, 雲深不知處。

험한 산길을 걸어 은자를 찾아갔으나 은자는 약초를 캐러 깊은 산 중으로 떠난 뒤였다. 마냥 기다릴 수는 없는 노릇이어서 직접 찾아볼 요량으로 어디쯤 계시는지 동자에게 물었더니 소나무 아래서 솔방울을 줍던 동자가 대답한다. "이 앞산으로 가신 것만 알 뿐입니다. 구름이 깊어 지금 어디에 계신지는 알 수 없습니다." 동자의 말이야 산이 깊다는 표현을 한 것이었겠지만 시인의 귀에는 이 표현이 예사롭지 않았을 터. 구름 깊어 있는 곳을 알 수 없다는 말은 헤아릴 수 없는 은자의 높은 경지를 이르는 말이 아닌가? 내가 더듬어 찾아갈 수 없는 심오한 경지를 말한 것이 아닌가? 시인은 돌아오는 길 내내 고개를 돌려 흰 구름 피어나는 산봉우리를 바라보고 또 바라보았을 것이다.

청장고원의 하늘을 수놓는 순결한 흰 구름을 마음껏 감상하면서, 그 구름을 닮은 듯 자유롭고 순결한 사람들을 생각하면서 오랜 시간을 달려 마침내 황하원의 도시 마둬에 도착했다. 마둬는 황하의 발원지라는 뜻의 티베트어이다. 현성에서 황하원까지는 150킬로미터, 차로 4시간 정도 걸리는데 비포장도로의 험한 길이라 일반 자가용으로는 통행이 불가능해서 사륜구동 차량을 빌렸다. 왕복 8시간이니 하루에 일정을 다 마치려면 새벽부터 서둘러 가야 했다. 2시간쯤 어둠을 뚫고 새벽길을 달려서 동이 틀 무렵, 어린 황하의 물줄기를 받아 큰 강물로 길러내는 황하의 어머니 호수인 어링후鄂陵湖, 자링후扎陵湖 자매 호수에 도착했다. 이 자매 호수는 빠엔랑마산巴顏朗馬山을 사이에 두

◆ 자링후

고 약 15킬로미터 떨어져 있으며, 황하 발원지에서 보자면 자링후가 먼저 황하의 물을 받아들였다가 다시 어링후로 보낸다. 백색의 긴 호수라는 뜻의 자링후는 동서로 길고 남북이 좁은 데 비해, 남색의 긴 호수라는 뜻의 어링후는 동서가 좁고 남북이 길다. 면적은 자링후가 526제곱킬로미터, 어링후는 628제곱킬로미터로 황하 상류 구간에서 가장 넓은 호수이다. 장족들에게 신성한 호수로 여겨지는 이 두 호수는 당나라 때 토번으로 시집간 문성공주文成公主를 토번의 왕 송짠깐뿌松贊干布가 맞이한 곳이다. 지금도 구름이 몰려오고 바람이 불어 물결이 높이 이는 어둑한 날에는 화려한 천막들과 붉은 깃발들이 수면 위로 명멸하고 말들의 울음소리와 사람들의 웅성거리는 소리가 환청처럼 들린다고 한다.

호수를 떠나 다시 황하원으로 가다 보니 '황하제일교黃河第一橋'라는 거창한 이름표를 단 길지 않은 다리 하나가 지나가는 나그네를 붙잡는다. 여기서 '제일'은 최고라는 뜻이 아니라 처음이란 뜻이니, 이 다리는 황하가 발원해서 처음 만나게 된 다리인 셈이다. 어린 황하의 물결들이 처음으로 다리라는 희한한 구조물을 만나면서 고개가 뻣뻣해지도록 쳐다보며 흘러갔을 것이다. 다리 밑 맑은 황하의 물결 속에는 어른 팔뚝만 한 큼지막한 물고기들이 떼를 지어 놀고 있는데, 가까이 가서 구경해도 흩어지지 않는 것으로 보아 사람들을 두려워하지 않는 듯했다. 장족의 문화에 물속에 장례를 지내는 수장의 풍속이 있어서 물고기들을 먹지 않는 금기가 있다고 했는데, 아마도 그런 금기 때문에 물고기들이 사람들의 포획에서 자유로웠던 모양이다.

비포장도로로 들어서면서 차가 파도를 만난 배처럼 요동을 쳐댔다. 물길도 건너고 진흙탕 길에 빠지기도 하면서 마침내 황하의 발원지

◆ 황하의 발원지

카르취 황하원에 도착했다. 행정구역으로는 위수玉樹 취마라이현曲麻
萊縣에 속한다. 현재 중국 정부와 지리학계가 공인하는 황하의 발원지
로 고도 4,830미터의 거쯔거야산各姿各雅山의 북쪽 기슭이다. 넓은 구
릉 같은 산기슭 위로는 광활한 하늘만 보일 뿐이다. 황하의 발원지임

을 알리는 '황하원' 비석이 붉은 글씨로 쓰여 높게 서 있는데, 바로 중국 전 국가주석 강택민이 쓴 글씨이다. 그곳에서 멀지 않은 아래쪽에 발원지 샘물이 있다. 다섯 개의 샘구멍에서 발원하는 맑은 물이 모여들어 작은 물웅덩이를 이루고 있는데, 이곳이 바로 문명과 역사의 강 황하가 시작되는 곳이다. 맑은 샘물을 한 움큼 떠서 마시며 마침내 도달한 황하의 뿌리를 만난 감격을 되새기고 있는데, 멀리서 전통 복장을 한 채 말을 타고 샘물 쪽으로 달려오는 적지 않은 수의 장족이 보였다. 황하원을 성스럽게 여기는 장족 순례객들이다. 샘물에 도착한 장족은 너 나 할 것 없이 모두 샘물로 다가들어 손가락으로 물을 찍어 머리 위쪽으로 세 차례씩 뿌리고 물을 마셨다. 샘물에 경의를 표하고 하늘의 신께 복을 비는 인사인 듯했다. 순례객들이 황하원 비석을 배경으로 사진을 찍고 기념행사를 하는 동안 타고 온 말들도 샘물을 마셨다.

작은 물웅덩이를 나와 졸졸 흘러가기 시작한 아기 황하를 따라 걸으며 나는 황하의 발원지를 찾던 장건 이야기를 일행에게 들려주었다. 그리고 이야기 끝에 장건이 만난 견우와 직녀가 황하와 은하수가 이어지는 이 근처 어딘가에서 살았을 것이니 이 부근에 살고 있는 지금의 장족들은 어쩌면 견우와 직녀의 후손들일지 모른다는 즐거운 추론을 덧붙였다. 황하원 근처에서 만난 대부분의 장족의 경우 남자들은 건장하며 씩씩했고 여자들은 늘씬하며 아름다웠으니, 이러한 추론이 아주 근거가 없지는 않은 듯하다. 돌아가는 길에 장족들의 초원 축제에서 우연히 한 모임에 동석하게 되었는데, 이 이야기를 들은 장족들이 너도나도 손을 내밀어 악수를 청하고 맥주를 건네주기도 했다. 황하원을 만난 감격을 가슴에 오롯이 담고 왔던 길을 돌아오는 중 자

◆ 황하원에서 만난 장족 순례객

링후와 어링후 자매 호수에 닿았을 때는 벌써 일몰이 시작되고 있었
다. 어린 황하를 장성하도록 기른 후에 만 리 세상으로 보낸 이 신성
한 호수에 모자를 벗고 오랫동안 고개를 숙여 경의를 표하였다. 마둬
현성에 도착하니 벌써 어둑한 밤이 되었다. 늦은 저녁을 독한 백주와
함께 먹고 황하원을 만난 감격스런 하루를 마무리했다.

청해성

2장

1. 여름 도시와 막 튀겨낸 산자

― 서녕(西寧, 시닝)

황하원의 도시 마둬를 떠나 청해성의 성도인 서녕西寧으로 향했다. 서녕의 서쪽 가까이에 있는 중국 최대의 호수인 청해호를 보기 위해서다. 황하원에서 우리와 잠시 헤어진 황하는 동남쪽으로 사천 북부 루얼까이 초원까지 흘러가서 구곡황하제일만의 비경을 만들고 다시 북서진해서 청해호와 가까운 곳까지 올라올 것이니, 그때 다시 만나 여행을 하면 될 터이다. 원래 청해호는 황하와 연결되어 있었는데 지각변동이 일어나 황하와 단절되는 바람에 폐색호閉塞湖가 되었다. 서녕은 마둬에서 470킬로미터 정도 떨어져 있지만 고속도로가 깔려 있어서 수월하게 갈 수 있다. 구간별로 아직 건설 중인 곳이 제법 많아서 때로는 국도를 달리기도 했는데, 서녕까지는 국도와 고속도로가 나란히 가기 때문에 큰 어려움은 없었다. 다만 예상보다는 시간이 훨씬 많이 걸려서 아침에 느긋하게 출발했더니 저녁 무렵에야 도착할 수 있었다.

서녕은 청해성의 중심 도시지만 중앙이 아닌 동부 끝쪽에 치우쳐 있어서 감숙성과 가깝다. 서녕은 서쪽이 편안하다는 뜻이니, 이 도시의 명칭으로 보아 이곳이 이민족의 빈번한 침입으로 편안하기 어려운 땅임을 짐작할 수 있다. 서역을 본격적으로 개척한 한무제 때 흉노匈奴와의 전쟁에서 이름을 떨친 곽거병霍去病 장군이 이곳에 군사 시설인 서평정西平亭(시핑팅)을 설치한 것이 서녕 건설의 출발이었다. 줄곧 '시핑'으로 불리다가 북송 때에 '서녕西寧', 중국어로는 '시닝'이라 불리게 된 것이다. '평안할 평平'이 '평안할 녕寧'으로 바뀌었을 뿐이다. 청장고원에 속해 있어 평균 고도가 2,261미터나 되며, 여름 평균 기온이 18도 안팎으로 서늘해서 여름 도시, '하도夏都'로 불린다. 서녕은 전형적인 이민 도시로, 전체 240만 정도의 인구 중에서 100만이 넘는 인구가 이주해 들어온 한족이다. 나머지는 다양한 소수민족으로 구성되어 있는데, 회족이 가장 많고 장족이 그 뒤를 잇는다. 회족의 사원인 모스크와 장족의 불교 사원이 도시 곳곳에 있는데, 모스크로 가장 이름난 곳은 서녕 동관대가東關大街 남쪽에 있는 동관청진대사東關清眞大寺(뚱관칭전따스)이고, 불교 사원으로 가장 유명한 곳은 서녕 서남쪽 황중현湟中縣에 있는 타얼스塔爾寺다.

청해호로 가기 전, 서녕 시내를 한번 둘러보았다. 동관대가에 있는 미식 거리에 들러서 다양한 음식도 먹어보고, 야시장에 들러서 제법 큼지막한 양고기를 꿴 양꼬치에 맥주도 한잔 마시며 여흥을 즐기기도 했다. 청해호로 떠나는 아침나절엔 잠깐 회족이 모여 사는 회민가回民

街(후이민제)에 가서 전통 과자 산자饊子를 만드는 장면을 구경했다. 밀가루를 실처럼 길게 뽑아서 기름에 튀겨서 먹는 간식으로 우리가 먹는 꽈배기와 비슷하다. 젊은 부부가 함께 운영하는 가게에 들어갔더니 막 밀가루 반죽을 끝낸 남편이 반죽을 손으로 눌러 비벼서 동아줄처럼 굵고 길게 만들었다. 부인은 그 굵은 밀가루 동아줄을 유려한 손놀림으로 죽죽 늘여서 얇은 면발로 만드는데 금방 실타래 하나가 완성되었다. 그 실타래를 남편이 다시 받아서 한 번 비틀어 기름에 노란 황금색으로 튀겨낸다. 막 튀겨낸 산자를 한 꼭지 얻어먹었는데 맛이 고소해서 먹을 만했다. 이 산자를 오래전에는 '한구寒具'라고 불렀다. 불을 피울 수 없는 한식절에 음식을 대신해서 미리 갖추어 놓고 먹는 음식이라고 해서 '찰 한寒'에 '갖출 구具'자를 써서 이름한 것이다. 산자는 춘추전국시대에 시작되었다는 유서 깊은 간식으로, 굴원이 쓴 초사에 등장할 정도이다. 북송의 시인 소동파는 음식에 대해 관심이 유별했는데, 〈한구寒具〉에 이 산자에 대한 기록을 남기기도 했다.

섬섬옥수로 하얀 옥 줄기를 말아서
푸른 기름으로 튀겨내니 노란 황금색이로구나
봄잠에서 아직 덜 깨어 경중이 없는지
납작하게 눌러서 여인 팔에 두른 황금 팔찌처럼 되었네
纖手搓成玉數尋, 碧油煎出嫩黃深。
夜來春睡無輕重, 壓褊佳人纏臂金。

2장 ❖ 청해성　　　　　　　　　　　　　　　　　　189

2. 푸른 바다의 이름표를 붙인 호수
- 청해호(靑海湖, 칭하이후)

서녕에서 출발해서 서쪽으로 2시간 달려 청해호에 도착했다. 청해호는 청장고원 동북부에 위치한 중국 최대의 내륙호內陸湖이다. 북쪽의 대통산大通山, 동쪽의 일월산日月山, 남쪽의 청해남산靑海南山, 서쪽의 상피산橡皮山 사이의 단층 구간이 함몰되면서 형성된 호수인데, 이 네 곳은 모두 해발 3,600~5,000미터의 높은 산들이다. 청해호의 면적은 4,456제곱킬로미터로, 서울 면적의 7배가 넘으니 '바다 해海'자를 쓴 이유를 충분히 알 만하다. 장족 사람들은 청해호를 '취원뿌措溫布'라고 불렀는데, 푸른색의 바다라는 뜻이다. 이 바다와 같이 광활하기 그지없는 청해호는 바다처럼 물이 짠 염호鹽湖다. 200만 년 전, 단층이 함몰되었을 당시에는 호수의 물이 동남쪽으로 흘러가는 도창하倒淌河를 통해 황하로 유입되어서 담수를 유지할 수 있었다. 그러나 13만 년 전에 새로 지각변동이 일어나면서 호수 동쪽에 일월산과 야우산野牛山이 불쑥 솟아올라 황하로 흐르던 도창하의 물길을 막아 거꾸로 돌려 청해호로 흘러가게 만들어버렸다. 결국 청해호는 물을 내보낼 유출구가 없는 폐색호가 되었고, 외부에서 들어오는 물보다 증발하는 물의 양이 많아지면서 염도가 점차 증가하게 되어 지금의 염호가 된 것이다. 일망무제로 광활한 데다 물맛까지 짜다 보니 이곳은 영락없는 바다다. 내륙 깊숙이 살아서 평생 바다를 구경하기 힘든 사람들에게 이곳 청해호는 바다에 대한 갈망을 채워주기에 충분해 보인다.

풍경구로 조성된 이랑검경구二郎劍景區나 사도경구沙島景區에는 바다를 구경하러 모인 중국인들로 넘쳐난다. 특히 호수 동북쪽에 자리한

◆ 청해호

사도경구에는 드넓은 백사장이 잘 갖춰져 있어서 해수욕장으로도 손색이 없다. 사도는 모래섬이라는 뜻인데, 이 풍경구 뒤쪽으로 제법 큰 규모의 사막이 이어져 있어서 청해호의 관광 가치를 높여준다. 사람들은 사막의 높은 사구로 올라가서 모래썰매를 타며 놀기도 하고 오토바이, 말, 낙타 따위를 타고 사막 사이를 오가며 이색 체험을 하기도 한다. 높은 사구까지 올라가 멀리 이어지는 사막을 바라보니 풍경이 제법 근사하다.

　쪽빛 하늘 아래로 흰 구름을 머리에 인 푸른 산들이 둘러 있고 그 밑으로 누런 사막이 이어지고 다시 옥빛 청해호가 거울처럼 펼쳐진

다. 이 풍경에 일몰까지 더해지니 청해호는 한 폭의 장엄하고 숭고한 화폭으로 바뀌었다. 거대한 화폭에 감싸여 스스로 풍경이 되어 얼마를 머물렀을까? 호수에서 불어오는 저녁 바람이 차갑게 모래를 뿌려대며 귀로를 재촉한다. 조심조심 어둑해진 미끄러운 사구를 내려가려는데, 동쪽 하늘에 어느새 둥근 보름달이 둥실 떠올라 청해호의 검은 물결 위로 전설처럼 신화처럼 달빛을 흘리고 있었다. 이 신비로운 달빛을 따라 내 입술에서 이백의 〈관산월關山月〉 곡조가 힘차게 흘러나왔다.

밝은 달이 천산에 떠올라
구름 바다 사이에서 아득하구나
장풍은 만 리를 불어
옥문관을 넘어가는데
한나라 군대 백등산의 길로 내려가고
오랑캐는 청해호의 물굽이를 엿보았었지
예로부터 전쟁의 땅
돌아오는 병사 보이지 않는구나
변방을 지키는 병사들
고향을 생각하는 괴로운 얼굴들
이 밤 고향 집 높은 누각에서는
탄식 소리 끝도 없으리라
明月出天山, 蒼茫雲海間。
長風幾萬裏, 吹度玉門關。
漢下白登道, 胡窺青海灣。
由來征戰地, 不見有人還。
戍客望邊色, 思歸多苦顏。
高樓當此夜, 嘆息未應閒。

이 작품은 서쪽 변방을 지키는 병사들의 괴로움을 노래한 것이다.

고향을 떠나 멀고 먼 서쪽 변경에서 수자리하는 병사들의 가족에 대한 그리움을 주제로 전쟁이 초래하는 광범위한 사회적 고통을 드러냈다. 제1구의 '천산'은 청해호 북쪽의 기련산祁連山이고, 바람이 불어가는 '옥문관'은 서역으로 나가는 요충지에 설치된 관문이다. 한나라 군대가 내려간 백등산이나 오랑캐가 엿보았던 청해호는 모두 민족 간의 피비린내 나는 오랜 전쟁터였다. 아득한 시절부터 이 전쟁터에서 살아남아 고향으로 돌아간 병사는 없었다. 이런 사실을 알고 있는 병사들은 달빛 아래 돌아갈 수 없는 고향과 다시 볼 수 없는 그리운 가족들을 생각한다. 그 괴로움과 그리움은 고향 집 높은 누각에 올라 달빛을 바라보며 자신을 생각하고 있는 사랑하는 가족들의 모습에 대한 상상 속에서 극대화된다.

달빛 부서지는 아름다운 청해호, 지금은 관광 명소로 널리 알려져 있지만 예로부터 이곳은 전쟁의 땅이었다. 이곳에서 서쪽의 유목민족과 동쪽의 농경민족이 오랜 세월 끊임없이 다투고 피를 흘렸다. 흉노와 한나라가, 토번과 당나라가 다투었다. 중국에 강대한 통일 제국이 들어서면 이곳을 차지하기 위해 제국의 군대를 보냈고, 중국이 분열하여 제국이 약해지면 다시 흉노나 토번 같은 이민족이 이곳으로 쳐들어왔다. 그리고 그때마다 수많은 젊은이들이 이곳에서 꽃 같은 목숨을 버려야 했다. 시성 두보의 〈병거행兵車行〉이란 시도 이 청해에서 죽은 병사들의 원혼을 말하고 있다.

수레는 덜컹덜컹, 말은 히히힝
출정하는 사람들 활과 화살을 각자 허리에 찼네
아비와 어미, 아내와 자식들 달려가며 전송하느라

먼지가 자욱하여 함양의 다리가 뵈지 않네

옷을 당기고 발을 구르며 길을 막고 통곡하니

곡성이 치솟아 하늘까지 닿는구나

(중략)

아들을 낳으면 흉한 일

딸을 낳아야 외려 길한 일이라네

딸은 이웃에 시집이라도 갈 수 있지만

아들은 죽어 잡초에 묻힐 뿐이라네

그대는 보지 못했는가

청해의 언저리에는

예로부터 백골을 거두는 이 없어

새 귀신은 원통해하고 옛 귀신은 곡하나니

흐리고 비 오는 축축한 날에는 훌쩍훌쩍 우는 소리 들린다네

車轔轔, 馬蕭蕭, 行人弓箭各在腰。

耶孃妻子走相送, 塵埃不見咸陽橋。

牽衣頓足攔道哭, 哭聲直上幹雲霄。

(中略)

信知生男惡, 反是生女好。

生女猶得嫁比鄰, 生男埋沒隨百草。

君不見, 青海頭, 古來白骨無人收。

新鬼煩冤舊鬼哭, 天陰雨濕聲啾啾。

부모, 처자와 작별하고 서쪽 변방의 전쟁터로 끌려온 병사들은 결국 전사하여 무덤에 묻히지도 못한 채 백골이 되도록 청청호 언저리

의 잡초 더미 위에 흩어져 있다. 비 오는 어둑한 날에는 돌아가지 못한 원혼들의 흐느끼는 곡소리가 추적추적 내리는 빗소리 속에 섞여 들려온다. 당나라 현종玄宗의 무모한 영토 확장 전쟁에 내몰린 백성들의 피맺힌 원한을 적은 것이다. 이백이 〈관산월〉에서 "예로부터 이곳은 전쟁의 땅, 살아 돌아온 사람 하나 없었다"라고 노래하고, 두보가 〈병거행〉에서 "새 귀신 원통해하고 옛 귀신 곡한다"라고 한 것에서 알 수 있듯이 한족과 이민족 간의 전쟁은 시대가 바뀌고 왕조가 바뀌어도 변함없이 반복되었다. 그런데 이 전쟁의 땅을 잠시 평화의 땅으로 만든 사람이 있다. 바로 당 태종 시절, 토번의 왕에게 시집갔던 문성공주다. 이곳 청해호는 문성공주가 토번으로 시집가던 시절 지나갔던 길이다. 청해호에서 멀지 않은 곳에 당나라와 토번을 잇던 옛길, 당번고도唐蕃古道의 흔적이 남아 있다.

3. 평화의 치맛자락으로 닦은 길
― 일월산日月山 당번고도唐蕃古道

당 태종이 다스리던 정관 시절에 토번의 왕 송짼깐뿌松贊干布가 화친을 청하며 당 황실의 공주와 혼인하게 해줄 것을 요구하였다. 사위가 장인에게 하듯 토번도 당에게 예를 갖추겠다는 뜻이다. 처음에는 거절했던 당 태종도 거듭된 요구에 결국 혼사를 허락했는데, 자신의 친생 공주를 보내기는 싫었던지 황실의 먼 친척 중에서 마땅한 규수 하나를 양녀로 받아들여 공주로 삼아서 토번으로 보냈다. 이 규수가 바로 문성공주다. 역사서에는 그저 '종실의 여식'이란 뜻의 '종실녀宗室女'라고만 기록되어 있고 이름조차 없다. 그녀의 원적이 산동성 임성任城이고 토번까지 데려다준 사람이 강하군왕江夏郡王 이도종李道宗이어서 아마도 그의 여식일 것으로 추측할 뿐이다. 이도종은 당나라 고조 이연의 조카이다. 친생 공주가 아닌 종실의 딸이어도 문제가 되지 않았던 모양이다. 토번 왕 역시 그러한 사실을 알고 있음에도 전혀 문제 삼지 않고 극진히 예우했다고 한다.

문성공주는 토번과 당나라의 평화에 크게 기여했다. 두 나라의 사신과 상인들이 빈번히 왕래하면서 문화·경제적으로 활발한 교류가 이루어졌다. 토번의 명마들이 당나라로 팔려갔고 당나라의 비단과 차가 토번으로 유입되었다. 당나라의 문화에 관심이 많았던 송짠깐뿌는 자신의 아들들을 당나라 장안으로 유학을 보내기도 했다.

문성공주가 지나간 옛길을 찾아서 청해호 동쪽에 솟아 있는 일월산으로 갔다. 일월산은 기련산맥의 지맥支脈으로 서북쪽에서 동남쪽으로 90킬로미터에 걸쳐 이어져 있다. 일월산은 지리적으로 매우 의미가 깊은 곳이다. 이 산을 분계선으로 서쪽은 청장고원이고, 동쪽은 황토고원이다. 목축업 위주의 유목문화와 농사 위주의 농업문화가 만나는 지점이다. 평화로운 시기에는 초원에서 생산된 명마와 중국 각지에서 생산되는 명차가 교역 거래되는 차마시장茶馬市場이었지만, 전쟁 시기에는 헤아릴 수 없는 무고한 젊은이들의 피로 얼룩진 죽음의 땅이었다. 토번을 가는 당나라 사신들은 이곳에 이르러 자신의 말을 버리고 토번의 말로 갈아타야 했다. 당나라로 가는 토번의 사신 역시 마찬가지였다. 그래서 이곳을 말을 바꾸는 붉은 산이란 뜻에서 '교마적령交馬赤嶺'이라고 부르기도 했다. '적령'은 일월산 정상 부근의 바위 색이 붉은색이어서 생긴 이름이다.

평균 해발 4,000미터 안팎의 일월산 봉우리 사이로 3,520미터 높이의 고갯길이 있고, 이곳으로 청장공로青藏公路가 지나간다. 바로 이 길이 문성공주가 지나간, 당나라와 토번을 잇는 당번고도唐蕃古道다. 바람이 지나는 길목이라 깃발이 요동치는 고갯마루 양옆 봉우리에는 해와 달을 뜻하는 일정日亭과 월정月亭 두 정자가 높이 솟아 이곳이 일월산임을 알린다. 고개를 넘어가면 무수한 룽다의 깃발들이 바람을 타고 달리며 역사의 미담을 만방으로 보내고 있는데, 아직 고갯길에 오르지 못한 문성공주가 가슴에 둥근 거울 하나를 안은 채 하염없이 동쪽을 바라보고 서 있다. 하얀 백옥석으로 조각한 9미터 높이의 문성공주의 석상이다. 시선의 방향으로 보자면 자신이 떠나온 동쪽 고향이 분명한데 그녀의 표정은 슬픈 표정이 아니다. 눈을 또렷하게 뜨고 입을 앙다물고 있는 것이 무언가를 결심한 듯 단호하다. 석상을 만든 작가가 표현하고자 한 것이 무엇일까? 그녀의 가슴에 안겨 있는 둥근 거울에 답이 있는 듯하다.

전해지는 이야기에 따르면, 문성공주는 토번으로 가기 전에 당 태종으로부터 신비로운 거울 일월보경日月寶鏡을 선물받았다고 한다. 보고 싶은 곳이면 아무리 멀리 떨어져 있어도 다 볼 수 있게 비춰준다는 마법의 거울이었다. 멀고 먼 토번에 가서 고향을 그리다가 병이라도 날까 걱정하여 수시로 꺼내 고향을 볼 수 있도록 마련해준 것이다. 이 거울을 지닌 채 토번과 당나라의 경계인 일월산에 도달한 공주가 거울을 꺼내 그리운 고향을 불러냈다. 순식간에 거울 표면에 당나라 장안의 모습이 비쳤다. 한참을 그립고 서러운 마음으로 거울을 어루만지던 공주의 얼굴이 순간 결연한 표정으로 바뀌었다. 토번과 당 두 나라의 평화를 위해 가는 길이 아닌가. 고향과 부모를 그리워하며 눈물이나 흘리면서 세월을 보낼 수는 없는 노릇 아닌가. 그녀는 아예 고향도 부모도 잊기로 하며 가슴에 품고 있던 보물 거울을 힘껏 멀리 내던져버렸다. 석상의 결연한 표정은 바로 그런 결심을 굳힌 순간의 모습일 것이다. 전설은 계속 확장된다. 그녀가 던진 일월보경은 두 쪽으로 갈라지면서 하나는 일산日山이, 하나는 월산月山이 되어 마침내 일월산이 솟아오르게 되었다느니, 거울이 떨어져 거울처럼 영롱한 청해호가 되었다느니 하는 전설이 마구 생겨나게 된 것이다.

13만 년 전, 청해호 동쪽에 일월산이 솟아오르는 바람에 동쪽으로 흐르는 물길이 막혀 다시 서쪽으로 흘러 청해호로 유입된 거꾸로 흐르는 강 도창하倒淌河 역시 전설에 편입되었다. 동쪽 장안으로 향하는 마음을 접고 서쪽 토번의 세계에 온전히 편입하려는 문성공주의 마음에 감화된 강물의 자발적인 역류로 각색된 것이다. 토번에 도착한 문성공주는 이후 30여 년 동안 당과 토번의 우호를 위해 헌신적인 노력을 기울여 왕과 백성들의 큰 사랑을 받았다. 공주가 가져간 각종 기물과 다양한 분야의 서적들은 토번의 문명 발전에 적지 않은 기여를 했다. 토번 왕이 공주를 맞이하기 위해 세운 라사拉薩의 포달라궁布達拉宮에는 아직도 문성공주를 기리는 그림과 조각들이 많이 남아 있어서 그녀의 영향력이 어떠했는지를 보여준다.

유구한 세월 끝없이 반복된 전쟁, 땅에 묻히지도 못한 채 잡초 속에 해골로 뒹굴며 빗속에 흐느껴 울던 원혼들. 이 저주의 땅을 사랑과 용서, 온유와 위로의 긴 치맛자락으로 쓸고 씻으면서 문성공주는 오늘도 이 당번고도 일월산의 고갯길을 지난다. 고갯길 양옆으로 세워진 룽다의 깃발들이 지나는 바람을 붙들고 그녀가 전하는 평화의 메시지를 전하려 온몸을 떨며 혼신의 힘을 다하고 있는 모습이 보였다.

◆ 칸쁘라

청해호를 이별하고 다시 황하를 만나러 칸뿌라坎布拉 국가삼림공원으로 향했다. 칸뿌라는 서녕에서 남쪽으로 130킬로미터 떨어진 황남장족자치주黃南藏族自治州 젠자현尖扎縣 경내에 있다. 장족들의 낙원이란 뜻의 칸뿌라는 청장고원과 황토고원이 교차되는 지역으로, 단하지모丹霞地貌, 즉 노을처럼 붉은 색을 띤 암석으로 이루어진 기암기봉들이 장관을 이룬다. 이 칸뿌라 북쪽으로 황하가 흘러가는데, 부근에 이가협李家峽 댐이 건설되면서 강물이 호수처럼 넓게 퍼져서 붉은 산과 푸른 물이 절묘하게 조화를 이룬 거대한 산수화 한 폭이 완성되었다. 공원에서 운영하는 버스를 타고 산봉우리의 전망대까지 가서 호수 쪽을 내려보면 칸뿌라 최고의 절경이 펼쳐진다. 호수를 둘러싼 붉은 절벽들이 푸른 물과 강렬한 대비를 이루는데, 그 위쪽으로는 먼 바위산의 푸른색이 원경으로 둘러싸고 그 위를 다시 눈부신 흰 구름이 띠를 이루고 있고 다시 그 위로 벽옥 같은 푸른 하늘이 펼쳐진다. 이 광활하고 장엄한 풍경에 압도되어 시간이 흐르는 것을 잊었더니 구름이 흐르고 햇살이 이울면서 칸뿌라는 계속 새로운 빛깔의 황홀경을 선사한다. 이 풍경 중에 특별하게 시선을 끄는 것이 하나 있다. 붉고 푸른 색으로 얼룩진 거대한 자라 한 마리가 바짝 엎드려 호수로 들어가는 기이하기 이를 데 없는 형상이다. 댐이 건설되면서 호수의 물과 바위 절벽이 만들어낸 멋진 작품이다. 동해 용왕에게서 황하의 근원을 찾으라는 명을 받아 강물을 거슬러 먼 길을 온 신령한 자라가 이곳까지 이르렀다가 기진하여 바위가 되었다는 신화가 만들어질 만하다.

전망대를 내려와 기이한 봉우리들 사이로 난 길을 달려 선착장에 도착해서 배를 타고 황하의 물과 인사를 나누었다. 청장고원이 끝나는 이 지점까지 황하는 아직 황하가 아닌 청하淸河다. 꽤 오래 전, 이곳

칸뿌라를 처음 구경할 당시 맑은 강물을 보고는 일행에게 황하가 아닌 다른 강물이라고 우겼던 일이 생각나 웃음이 났다. 황토고원이 본격적으로 시작되는 감숙성을 코앞에 두고 있으니 곧 광활한 황토 지대를 흘러오는 지류들로부터 엄청난 양의 토사를 선물받으면서 황하다운 면모를 갖추게 될 것이다. 이제 그 이름에 걸맞은 황하를 찾아서 감숙성으로 떠난다.

감숙성

3장

1. 구름 깊은 적석산에 피는 부처님 미소를 찾아
— 병령사(炳靈寺, 삥링스)

황하는 감숙성 임하회족자치주臨夏回族自治州의 유가협劉家峽 부근을 지나면서부터 이전과는 완연하게 다른 황톳빛 강물로 바뀐다. 이는 황하의 거대한 지류 중의 하나인 조하洮河(타오허)가 유입되기 때문이다. 감숙성 남부의 황토고원 지대 670킬로미터 구간을 굽이굽이 흘러오면서 엄청난 양의 토사를 함유한 조하가 바로 이 유가협으로 흘러들어 황하 본류와 섞이면서 황하가 본격적으로 그 이름값을 하게 한다. 그야말로 "한 그릇 황하의 강물, 그중 반 그릇은 황하 모래一碗黃河水, 半碗黃河沙"라고 할 정도로 탁한 흙탕물이 되어 흘러간다. 두 물줄기가 만나는 유가협의 합류점은 푸른색과 누런색이 뚜렷하게 대비가 되어 기이한 느낌을 준다. 유가협을 흐르는 황하의 강물을 막아 대형 댐을 건

◈ 유가협 부근의 황하

설하면서 상류지역에 거대한 호수가 형성되었는데, 이 호수 서쪽 가장자리에 유명한 석굴사원 병령사炳靈寺가 있다.

　병령사 석굴은 유가협 적석산積石山 대사구大寺溝 절벽에 조성되어 있다. 서기 3세기의 서진西晉 초기부터 이곳 황하 북쪽 기슭 절벽에 석굴이 만들어지기 시작했다. '병령炳靈'은 천불千佛이라는 뜻으로, 수많은 불상이 모여 있다는 말이다. 183개의 감실에 694존의 석조불상과 82존의 니조불상이 있고 900제곱킬로미터에 달하는 벽화가 남아 있다. 병령사로 가려면 댐 가까운 곳에 있는 선착장에서 배를 타야 한다. 큰 배도 있지만 시간이 많이 걸려서 쾌속정으로 가는 편이 빠르고 편리하다. 다만 호수가 워낙 넓다 보니 때로 파도가 높이 일어서 쾌속정이 중단되기도 하므로 기후조건을 잘 살펴야 한다. 가는 중간에 기암기봉으로 이루어진 석림石林이 있어 배에서 내려 잠시 걸어 올라가 구경하기도 한다. 무진 세월 비바람에 깎인 뾰족한 봉우리들이 묵언 수행하는 오백나한五百羅漢같기도 하고, 곧 잠 깨어날 것만 같은 전설 속의 거인족 같기도 하다. 희한한 모습의 봉우리들 사이로 난 작은 길들을 따라 시간을 잊고 놀아도 좋을 판인데, 쾌속정의 기사와 약속한 시간이 촉박하다. 다시 돌아가 호수 위를 달리면 금방 병령사의 그림 같은 병풍 앞에 도착한다. 어떻게 저런 그림이 가능할까 싶어 눈을 비비며 다시 바라볼 정도의 비경이 두루마리처럼 펼쳐진다. 누런 황하의 탁한 강물과 똑같은 색으로 하늘로 솟아오른 봉우리들은 제각기 개성적인 모습을 증명이라도 하려는 듯 옥빛 하늘을 향해 최선을 다해 뾰족하게 솟아오르고 있다. 병령사 선착장에 내려서도 석굴 안 부처님은 뒷전, 저 솟아오른 봉우리에게서 눈을 떼기가 힘들다. 부처님에게로 가는 길을 막아서는 색계色界의 마지막 유혹인가!

천좌의 부처님을 뵈러 가는 길, 마음을 모으고 걸음을 단정하게 하여 감실 하나하나에 자리한 부처님의 가르침에 귀를 기울인다. 긴 세월 정성과 기원을 다하여 조각한 부처님의 모습 속에서, 까마득한 시절 이곳 비단길을 지나 먼 서역으로 길 떠난 여행자들의 절절한 마음이 느껴진다. 그리고 그들의 염려와 불안을 안아주고 위로해주던 부처님의 따사로운 미소를 생생하게 체험한다. 입장료 외에 별도의 비용을 지불해야 보여주는 특별 감실에서는 푸른색 안료가 생생한 벽화를 감상하기도 했다. 당나라 때 조성된, 높이 15미터 크기의 어마어마한 대불의 발등상을 만져보기도 하면서 오래된 고요 속에 깊이 잠긴 병령사의 뜨락을 배회했다. 흰 구름은 붉은 봉우리 위로 떠 가고 누런

◆ 병령사 대불

황톳빛 강물은 세월처럼 흘러가는데 스님들의 예배도, 여행자들의 기원도 없는 퇴락한 사원은 적막 속에 부처님의 깊은 가르침을 전하는 듯했다. 짧은 시 하나 지어 세월 너머 병령사가 전하는 마음을 적었다.

> 황하는 흘러가 돌아오지 않고
> 적석산에는 흰 구름만 깊구나
> 만물은 이곳에서 고요 속에 잠겼느니
> 산사의 종소리가 무에 필요하겠느냐
> 黃河流不返, 積石白雲深。
> 萬籟此都寂, 何須鍾磬音。

> – 김성곤, 〈병령사炳靈寺〉

2. 황하가 가슴 한복판을 흐르는 도시
- 난주(蘭州, 란저우)

누런 황톳빛 물결을 타고 감숙성의 성도 난주에 들어왔다. 난주는 옛 날 비단길 교역으로 성장한 도시이다. 서한 시절에 이곳에 현을 설치 하고 철옹성이란 뜻의 '금성金城'이라 불렀다. 중원 문화와 서역 문화 가 교차하는 곳으로, 중국 내륙에서 생산된 비단과 서역에서 길러낸 명마가 이 도시를 거쳐서 오고 갔다. 남북이 모두 높은 산악 지대여 서 도시가 남북으로 뻗지 못하고 강을 따라서 동서로 길게 이어진다. 난주는 황하의 강물이 도심 한복판을 흘러가는 유일한 도시이다. 약 45킬로미터의 시내 구간을 진한 황톳빛 강물이 흘러간다. 도심의 중 앙, 황하 북안에 있는 백탑산白塔山에 올라가면 황하를 제대로 감상할 수 있다. 산에는 하얀 칠을 한 백탑이 높이 솟아 있는데, 이것은 원나 라 때 세운 칠층의 팔각 고탑이다. 백탑 부근에서 내려다본 황하는 누 렇다 못해 붉은 느낌이 들 정도인데, 꼭 감물로 염색한 거대한 천 자 락이 걸쳐져 있는 것 같다. 도심 한복판을 강렬한 색깔로 흘러가는 황 하를 보자니 가슴 한복판으로 강물이 흘러들어온다고 썼던 이백의 시 구가 떠오른다.

황하의 강물이 하늘에서 떨어져 동해로 달려가나니
만 리를 흘러 가슴속으로 쏟아져 들어오누나
黃河落天走東海, 萬里寫入胸懷間.

황하를 노래한 수많은 명구들 가운데 자주 인용되는 〈증배십사贈裵

◆ 난주 도심

十四)라는 시의 한 구절이다. 배씨 성을 가진 친구를 전송하면서 지은 시인데, 배씨가 만 리 황하를 다 담을 정도로 큰 흉회를 지닌 사람이라고 예찬한 것이다. 도대체 어떤 인물이기에 이토록 거창한 수식으로 예찬한 것일까? 전문을 보면 다음과 같다.

아침에 배숙칙을 보니
환한 모습이 마치 옥산을 지나는 듯
황하가 하늘에서 떨어져 동해로 달려가나니
만 리를 흘러 그대의 가슴속으로 쏟아져 들어가네
이 몸은 흰 자라를 타도 감히 건널 수 없고
황금의 높이가 남산 같아야 그대의 돌아봄을 살 수 있네
온 세상을 돌아다녀도 알아주는 사람이 없으니

뜬구름처럼 흩날리며 또 서쪽으로 가네

朝見裴叔則, 朗如行玉山。

黃河落天走東海, 萬裏寫入胸懷間。

身騎白黿不敢度, 金高南山買君顧。

徘徊六合無相知, 飄若浮雲且西去。

배숙칙은 용모가 준수해서 옥인玉人으로 불렸던 미남자다. 모습이 얼마나 환하고 광채가 났는지 마치 옥산玉山을 지나는 것 같다고 말할 정도였다고 한다. 그런데 배씨는 외모만 준수한 게 아니었다. 그는 만 리의 황하가 쏟아져 들어갈 정도로 광대한 흉회를 갖추고 있다. 이런 배씨의 흉회를 제대로 헤아릴 사람도 없으며, 그의 재주를 살 만한 높은 수준의 군왕도 없다. 결국 온 천지에 알아주는 이 없어 구름처럼 떠돌 뿐이다. 배씨를 말했지만, 사실 이는 이백 자신에 대한 이야기다. 늘 회재불우懷才不遇의 장탄식長歎息을 안고 살아가는 이백이 자신의 가치를 몰라주는 세상에 대한 원망을 적은 것이다. 배씨의 가슴, 아니 이백의 가슴을 거칠게 흘러들어가는 강물이 하필 황하였을까? 아마 탁한 물결로 거칠게 흘러가는 황하가 시인의 가슴속에서 거칠게 솟구쳐 오르는 시대와 세상을 향한 분노와 원망을 표현하기에 적합했기 때문일 것이다. 이백의 많은 작품 중에서 회재불우의 격한 감정을 토로한 작품 속에는 황하가 자주 등장한다. 소와 양을 잡아 삼백 잔을 마셔서 만고의 근심을 씻어버리겠다고 울부짖던 〈장진주將進酒〉에도, 칼을 빼어 들고 자신을 몰라주는 세상을 향해 악다구니를 쓰던 〈행로난行路難〉에도 황하는 어김없이 작품 한복판을 흘러간다. 어쩌면 이백의 행운유수行雲流水, 만마분등萬馬奔騰의 거침없는 필세는 황하의 강물이 그

◈ 난주 수차박람원

의 울적한 가슴을 관통하여 흘러가며 만들어낸 것인지도 모른다.

　난주 황하 강변에는 다른 지역에서 보기 힘든 특별한 풍경이 있다. 강물을 끌어올려 전답으로 보내는 관개용의 거대한 수차水車다. 황하 남쪽 강안에는 직경 16미터가 넘는 거대한 수차 두 대가 있다. 수차는 명나라 때 단속段續이라는 난주 사람이 처음 만들어 관개용으로 보급했다. 명·청시대를 거쳐 근대에 이르기까지 수많은 수차가 강변에 세워졌고 부근의 광활한 전답을 옥답으로 만들었다. 기록에 따르면, 1952년 난주에는 자그마치 252대의 수차가 강을 따라 남북으로 빽빽하게 세워져서 장관을 이루었다고 한다. 그래서 한때 난주를 수차의 도시, '수차지도水車之都'라고 불렀다. 지금은 난주시에서 조성한 수차박람원水車博覽園에 세워진 두 대의 수차가 관광객들을 상대로 황하의 물을 퍼서 나르는 재주를 선보이며 500년의 역사를 증언하고 있다.

이 수차박람원 서쪽 멀지 않은 곳에 유명한 황하모친상黃河母親象이 있다. 중국인들은 황하를 어머니의 강이란 뜻의 '모친하母親河'라고 부른다. 자신들을 황하가 길러낸 자식들이라 여기는 것이다. 그래서 황하를 따라 여행하다 보면 곳곳에 황하모친상이 세워져 있는데, 이 중에서 도심 한복판에 세워진 난주의 모친상이 특히 아름답다. 포동포동한 남자아이를 배 위에 올려놓고 은은한 미소로 바라보고 있는, 황하의 누런 강물 색을 닮은 화강암으로 조각된 자애롭고 아름다운 여인의 모습이다. 작가 허어何鄂가 만든 길이 6미터, 너비 2.2미터, 높이 2.6미터, 중량 40톤의 조각상이다. 물결처럼 흘러내리는 긴 머리카락과 치맛자락 때문인지, 파도와 물고기 문양의 받침돌 때문인지 마치 강물 위에 떠 있는 듯한 느낌을 준다. 엄마의 배 위에 엎어져서 볼록한 엉덩이를 드러내며 행복한 웃음을 짓고 있는 남자아이는 황하가 길러낸 중국 인민들인 셈이다. 이 조각상 앞에서 사진을 찍는 중국 사람들 표정이 하나같이 행복하니 훌륭한 작품이라는 생각이 절로 든다.

난주를 떠나기 전에 꼭 먹어봐야 할 음식이 있다. 바로 중국 10대면 요리 중 하나인 '란쩌우라멘蘭州拉面'이다. 난주 사람들은 그냥 '니우러우멘牛肉面'으로 부르는데, 국물은 아주 맑아 깔끔하고 고기는 푹 삶아 부드럽고 면발은 아주 가늘다. 사람들은 이 란쩌우라멘을 '일청이백삼홍사록오황一淸二白三紅四綠五黃'이라는 말로 선전하는데, 첫째 '청'은 맑은 탕을, 둘째 '백'은 하얀색 무를, 셋째 '홍'은 붉은색 고추기름을, 넷째 '녹'은 푸른색의 고수와 마늘종을, 다섯째 '황'은 노란색 면발을 가리킨다. 청나라 가경嘉慶 연간 진유정陳維精이라는 국자감國子監 태학생太學生에 의해 처음 만들어진 이 면은 난주에서 본격적으로 대중에게 알려졌고 지금은 곳곳으로 퍼져나가 중화제일면中華第一面의 호

◈ 황하모친상

평을 누리고 있다. 일행과 함께 찾아들어간 시내의 한 면집은 점심시간이 한참 지났음에도 사람들로 붐비고 있었다. 면을 손으로 당겨서 가늘게 뽑아내는 요리사의 신공도 구경하면서 북적이는 사람들 틈에 앉아 한 그릇 주문해서 맛을 보았다. 면 위에 얹힌 소고기 편육은 부드럽고 고소해서 맛있었는데 좀 덜 삶은 듯한 면발은 입맛에 맞지 않았다. 또 국물이 맑긴 했어도 간이 너무 세서 좀 느끼하다 싶었는데, 과연 일행 중에 두어 사람은 배탈이 나서 고생을 했다. 그래도 난주에 와서 중화제일면 란쩌우라멘을 먹어봤다는 자랑은 할 수 있게 되었으니 그만하면 됐다고 스스로 위로했다.

3. 황하를 따라가며 만난 첫 번째 고촌
─ 청성고진(靑城古鎭, 칭청구쩐)

난주 시내 구경을 마치고 다시 황하를 따라 길을 나섰다. 이번 목적지
는 난주 시내로부터 약 100킬로미터 떨어져 있는 황하제일고진黃河第
一古鎭 청성고진靑城古鎭이다. 난주의 도심을 통과한 후 황하는 북동쪽으
로 방향을 틀어 흘러가다가 난주와 이웃한 백은시白銀市의 경계로 들
어가는데, 난주를 벗어나기 직전에 난주시 소속 유중현楡中縣의 북쪽
끝자락에 자리한 오래된 마을 청성을 만나 잠시 흐름을 늦추며 감돌
아 흐른다. 청성은 황하로부터 농사에 필요한 용수를 충족하게 공급
받은 까닭에 예로부터 농사가 잘돼 부유한 마을이었다. 마을에는 청
나라 때 지어진 고건축물들이 적지 않게 남아 있는데, 규모가 크고 화
려한 저택들도 있어 마을의 번성을 짐작하게 한다. '풍아청성風雅靑城'
이라고 쓴 패방을 지나 마을 입구로 들어서니 옛 정취가 물씬 배어나
는 한적하고 깨끗한 골목들에서 어린아이들이 웃으며 개들과 뛰놀고
있다.

 나씨 집안의 큰 저택 나가대원羅家大院을 찾았다. 출입문 위쪽으로
탐스럽게 새겨진 모란꽃이 화사한 얼굴로 나그네를 맞는다. 모란꽃
은 부귀를 상징해서 중국인들이 특히 좋아하는 꽃이다. 그림과 건축
에도 자주 등장하는데, 출입문에 이렇게 탐스러운 모란꽃을 새겨놓
은 것을 보니 출입하는 모든 사람들이 부해지고 귀해질 것을 축복한
다는 각별한 뜻으로 헤아려진다. 집안 곳곳에 길상吉祥을 뜻하는 다양
한 문양들이 장식되어 있어 이것들을 감상하고 음미하는 재미가 쏠
쏠하다. 처마 밑에 새겨져 있는 석류는 자손의 번창을 상징하니, 씨앗

이 많은 까닭이다. 벽에 새겨진 연꽃은 집안의 화목을 의미하니, 연꽃을 뜻하는 '하荷'가 화목을 뜻하는 '화和'와 발음이 같기 때문이다. 창틀에 새겨진 다섯 마리 박쥐는 장수, 부귀, 건강, 호덕好德(덕을 베풀기를 좋아하는 것), 선종善終(천수를 다하는 것)의 오복을 상징한다. 박쥐를 뜻하는 '박쥐 복蝠'자가 '복 복福'자와 발음이 같기 때문이다. 특별히 박쥐 다섯 마리를 창틀에 새기는 것은 오복이 문에 임한다는 뜻의 '오복임문五福臨門'의 상징적 의미를 살리려는 것이다. 대문 밖 양옆으로 앉아 있는 두 마리의 돌사자도 단순히 그 위용만을 취하려는 게 아니다. '사자 사獅'가 '일 사事'와 발음이 같아서 두 마리 돌사자는 '사사여의事事如意', 즉 "하는 일마다 뜻대로 잘 풀려간다"라는 의미를 갖게 된다. 이 모두가 글자는 다르더라도 발음이 유사하면 뜻을 공유하는 해음문화가 만들어낸 길상의 상징부호이다.

시간 가는 줄도 모르고 오래된 이 저택의 여러 길상 장식들을 세심하게 살피며 해독하고 감상했다. 길상의 부호가 많아질수록, 그 기호에 담긴 상징이 절실할수록 험난하고 불안한 시대를 살아가야 했던 이곳 사람들의 절절한 마음이 더욱 다가왔다. 출출해진 오후, 양탕羊湯집을 찾았다. 주인은 삶은 고기들을 다 발라낸 양머리 해골들이 잔뜩 담긴 바구니를 보여준다. 그러고는 양머리를 푹 고아 만든 육수에 잘게 찢은 양고기를 잔뜩 얹은 양러우탕羊肉湯 한 그릇을 밀가루 빵 만터우와 함께 내놓는다. 진한 국물에서 양고기 누린내가 진동해서 선뜻 손이 가지 않는데, 일행들은 벌써 코를 박고 맛있게 먹고 있다. 만터우를 잘게 찢어 국물에 적셔 먹으면서 마냥 행복한 얼굴이다. 음식점 벽면에는 양러우탕을 무척 좋아했던 소동파의 사詞 작품 〈적벽회고赤壁懷古〉가 유려한 글씨로 쓰여 있어서 허름한 음식점의 격조를 높이고 있었다. 식사를 마치고는 마을 골목을 산책했다. 대문에 붙은 춘련春聯도 읽고 마당으로 들어가 주인이 따주는 덜 익은 풋배를 맛보기도 했다. 나그네의 객수가 더해지는 저물녘에 황하 강변으로 나갔다. 저녁 햇살 속에 붉은색을 띠고 하염없이 동으로 흘러가는 강물을 보고 있자니 마음에 스산한 바람이 불어간다. 나라를 잃은 남당南唐 망국의 군주 이욱李煜의 노래 〈우미인虞美人〉이 저녁 강가에 울려 퍼진다.

봄꽃 가을 달은 언제나 끝나려나
지나간 날은 도대체 얼마런가?
작은 누각에 어젯밤 또 봄바람이 불어왔는데
달 밝은 밤 차마 고개 돌려 바라볼 수 없는 고향이여
아름다운 난간과 옥으로 만든 계단은 그대로 있을 터
그저 내 붉은 얼굴만 시들어 바뀌었구나
묻노니 그대여 수심이 얼마나 되오?
끝없이 동으로 흘러가는 봄 강물과 흡사하다네.
春花秋月何時了,　往事知多少?
小樓昨夜又東風,　故國不堪回首月明中。
雕欄玉砌應猶在,　只是朱顏改。
問君能有幾多愁?　恰似一江春水向東流。

4. 세상 밖 세상에서 만나는 거대한 청록산수도
- 황하석림黃河石林

난주의 경계를 벗어나 백은시白銀市 경계로 들어온 황하는 기막힌 비경을 선물한다. 바로 백은시 경태현景泰縣 용만촌龍灣村 부근 10만제곱킬로미터에 달하는 광대한 지역에 형성된 황하석림이다. 거대한 붉은 사력암砂礫巖 봉우리들이 오랜 세월 풍화와 침식을 통해 천태만상의 기암기봉으로 깎이고 다듬어져서 신비로운 바위 숲을 이루는데, 그 바위 색과 닮은 황하가 한복판을 흘러가면서 천혜의 비경을 만들었다. 황하의 물길은 S자 형태로 굽이져 흘러간다. 그런데 바위 봉우리들이 황하의 거친 기세에 겁을 먹었던지 한참을 뒤로 물러나는 바람에 너른 평지가 생기게 되었고 거기에 용만촌 마을이 들어서게 되었다. 황하는 그 평지를 비옥한 전답으로 만들어 마을을 풍요롭게 하였다.

황하석림 풍경구 입구에는 이 마을을 한눈에 굽어볼 수 있는 전망대가 조성되어 있다. 오래전 처음 이 전망대에서 바라본 풍경은 감동 그 자체였다. 1,600년 전, 도연명이 상상했던 세상 밖의 도화원이 바로 여기가 아닐까 하는 생각이 절로 들었다. 강물을 따라 조성된 푸른 전답과 그 전답 사이에 올망졸망 모여 있는 마을 집들을 거대한 수직 절벽들이 병풍처럼 두르고 세상으로 나가는 모든 길을 차단하고 있었다. 세상에 대한 풍문은 오직 황하의 물길을 타고 오거나 지나는 바람에 의존해야만 할 것 같은 세상 밖의 세상인 듯했다.

풍경구 입구에서 버스를 타고 구절양장 절벽 길을 내려가서 마을에 도착했다. 가장 먼저 눈에 띄는 것은 강물 위에 떠서 흘러가는 양가죽으로 만든 뗏목, 양피파즈羊皮筏子다. 양가죽을 통째로 벗겨서 만든 부

◆ 황하석림 풍경구

구浮具 여러 개를 한데 엮은 다음 그 위에 대나무를 얼기설기 덧대어 만든 뗏목으로, 난주 일대 황하에서 사람과 물건을 실어 나르던 단거리 교통수단이다. 마을 선착장에서 이 뗏목을 타고 거친 황하 물결과 함께 흘러가면서 강 옆으로 펼쳐지는 석림의 파노라마를 감상하다 보면 문득 세상 밖에 와 있다는 느낌과 함께 여행의 진수를 경험하게 된다. 짧은 항해를 마치고 도달한 곳은 황하석림의 속살을 살필 수 있는 음마구대협곡飮馬溝大峽谷이다. 물이 흐르지 않는 메마른 협곡이어서 이 협곡을 따라가면서 석림의 비경을 감상할 수 있다. 협곡 입구에는 마을 주민들이 끌고 나온 나귀 수레가 관광객들을 기다리고 있다. 이 수레에 올라타 천천히 가면서 양옆으로 펼쳐지는 80미터에서 100미터에 달하는 거대한 기암기봉들을 구경하면 된다.

나귀를 끌고 가는 마을 주민의 해설이 이어진다. 사자가 우뚝 서서 길을 막고 있는 듯한 봉우리는 '웅사당관雄獅當關', 매가 고개를 돌리고 있는 듯한 봉우리는 '엽응회수獵鷹回首', 코끼리가 물을 마시는 형상의 봉우리는 '대상흡수大象吸水'다. 달빛 아래 나란히 서 있는 연인을 닮은 봉우리도 있고, 불경을 얻으려 서역으로 가는 스님 모습을 상상하게 하는 봉우리도 있다. 수레가 협곡 중간쯤에 있는 넓은 공터에 이르렀을 때의 일이다. 그 중앙에 거대한 고사목 한 그루가 서 있는 것이 정말 신비로웠다. 협곡 주변은 나무 하나 자라지 않는 불모의 땅인데, 유독 이 나무만 홀로 중앙에 우뚝 서 있는 것이 마치 협곡을 호령하는 제왕인 듯 위풍당당해 보였다. 나무에게 다가가 이미 돌처럼 변해버린 가지와 뿌리를 어루만지면서 죽어서도 시들지 않은 늠름하고 의연한 기개를 칭송했다. 나무를 배경으로 사진을 찍고 있는 우리 일행의 모습이 이상했던지 수레를 끌던 마을 주민이 대뜸 말한다. "나스지아 더那是假的!" 가짜라고? 무슨 말이냐 물으니 영화 제작을 위해 소품으로 심어놓은 것이라고 한다. 그러고 보니 이곳은 역사 이야기를 소재로 한 수많은 영화의 촬영지로 유명한 곳이 아닌가. 그런 단순한 소품을 보고 협곡의 제왕이니, 그 기개가 어떻고 그 늠름함이 어떻고 떠들어댔으니 얼마나 유난스럽고 우스운 꼴이겠는가. 멋쩍은 웃음 몇 줄기 흘리면서 수레로 돌아와 다시 목이 뻣뻣해지도록 봉우리들을 구경하면서 흔들흔들 협곡 길 끝까지 갔다.

대협곡이 끝나는 지점에 산봉우리로 이어지는 케이블카가 있어서 높은 곳까지 올라가 황하석림 전경을 구경했다. 멀리 보랏빛으로 아련하게 둘러선 바위산에서 흘러와 한번 흐름을 늦추어 초록빛 마을

을 안아 달래고 다시 먼 바위산으로 표연히 떠나가는 황하의 감동적인 풍경이 그림처럼 펼쳐진다. 더욱 감동적이었던 것은 마을을 두르고 있는 절벽 너머로 끝도 없이 이어지는 석림의 파노라마였다. 암갈색 사력암의 크고 작은 봉우리들이 세월의 풍화와 침식을 따라 각기 다른 형상과 높낮이로 거폭의 무진강산도無盡江山圖를 그리고 있었다. 바위 사이에 자라고 있는 푸른 풀들 때문에 이 산수화는 영락없는 석청石靑을 써서 그린 청록산수靑綠山水다. 이 봉우리 저 봉우리로 옮겨 다니면서 계속 보아도 질리지 않는 이 대단한 그림을 마음껏 감상했다.

어느덧 일몰의 시각, 붉은 해가 절벽과 강물을 더욱 붉게 만들어 가슴까지 붉어져 오는데, 아득히 먼 시절에서 불어온 듯 눅눅한 바람이 아주 오래된 곡조를 들려주고 있었다.

나를 위해 출새곡出塞曲을 한 곡 불러다오
그 잊혀진 오래전 언어로 불러다오
아름답게 떨리는 목소리로 가볍게 불러주오
내 가슴속 위대한 강산을
오직 만리장성 밖에만 머무는 맑은 향기를
뉘 말하는가 출새곡의 곡조가 처량하다고
그대 이 노래가 싫다면
그건 그대 가슴속에 갈망이 없기 때문이지
하지만 우린 부르고 또 부른다네
초원 천 리에 반짝이는 금빛
모래바람이 포효하는 광활한 사막
황하의 강변과 음산의 산기슭

말을 탄 영웅의 씩씩한 모습이여

말을 타고 영광스럽게 고향으로 간다네

請爲我唱一首出塞曲

用那遺忘了的古老言語

請用美麗的顫音輕輕呼喚

我心中的大好河山

那只有長城外才有的清香

誰說出塞歌的調子太悲涼

如果你不愛聽

那是因爲歌中沒有你的渴望

而我們總是要一唱再唱

想着草原千里閃着金光

想着風沙呼嘯過大漠

想着黃河岸啊陰山旁

英雄騎馬壯

騎馬榮歸故鄉

- 시무롱席慕容 작시, 차이친蔡琴 노래 〈출새곡出塞曲〉

영하회족자치구

4장

영하회족자치구는 동쪽으로 섬서성, 서북쪽으로 내몽고, 남쪽으로 감숙성과 인접해 있는 행정구역으로, 서남쪽에서 동북쪽으로 기울어진 지형적 특색을 보인다. 감숙성으로부터 진입한 황하는 지대가 낮은 북쪽의 도시인 중위中衛 오충吳忠, 은천銀川을 통과해 내몽고의 경계로 들어간다. 남부의 산악 지대나 중부의 메마르고 건조한 지역에 비해 북부 도시들은 황하가 주는 혜택을 크게 누렸다. 천하황하부영하天下黃河富寧夏(천하를 흘러가는 황하가 영하를 부요하게 만든다)라는 말이 생길 정도로 영하회족자치구의 경제를 견인한 것이 황하라고 해도 과언이 아니다. 영하회족자치구에서 가장 경제 규모가 큰 다섯 도시 중에서 네 곳이 모두 황하가 흐르는 북쪽에 자리하고 있다. 영하회족자치구에 진입한 황하가 제일 먼저 만든 비경은 중위 서남쪽에 자리한 사파두沙坡頭 사막이다.

1. 사막에 흐르는 강
– 사파두(沙坡頭, 사포터우)

사파두는 내몽고의 거대한 사막인 텅거리騰格里 사막의 동남쪽 가장자리에 위치해 있다. 5킬로미터 정도의 폭으로 약 38킬로미터 이어지는데, 이 사막 남쪽을 황하가 흘러간다. 그래서 이곳은 사막과 강을 함께 볼 수 있는 아주 매력적인 지역이다. 바람이 빚은 유려한 곡선의 멋을 한껏 뽐내고 있는 모래 봉우리들을 조금 사이에 두고, 먼 바위산으로부터 달려온 황하가 둥글게 굽어지며 유유히 흘러간다. 웅건하고 기이한 중국 서북쪽의 풍광과 수려하고 아름다운 중국 강남의 경치가 함께 어울려 있다고 그럴싸하게 표현하기도 한다. 풍경구가 시작되는 모래 언덕에 황하를 바라보며 동상이 하나 서 있는데, 바로 당나라 시인 왕유王維다. 붓을 들고 시상에 잠겨 있는 그의 모습 옆에 이 사파두를 선전하는 유명한 시구가 쓰여 있다.

광대한 사막에 외론 연기 곧게 오르고
유장한 황하에 지는 해가 둥글다
　大漠孤烟直,　長河落日圓。

왕유가 조정의 사신이 되어 변새 지역에 갔을 때 지은 〈사신으로 변방에 가다使至塞上〉에 나오는 구절이다. 광대한 사막과 유장한 황하, 곧게 오르는 연기와 둥글게 지는 해가 각각 대를 이루어 변새의 광대하고 장엄한 화폭을 구성한다. 사막과 황하를 함께 묘사한 최고의 명구로 자주 인용되는 구절이다. 1,300년 전, 왕유가 이 사파두에 서서 일

◈ 왕유 동상과 사파두 풍경구

몰을 바라보며 지은 것은 아니겠지만, 이곳도 당나라 시절에는 변새였으니 이 구절을 써서 선전하는 것이 전혀 근거가 없는 것은 아니다.

사막과 황하가 함께 만든 이 독특한 풍경을 보기 위해 여행객들이 몰려들면서 이곳은 거대한 놀이동산으로 바뀌었다. 리프트로 사구 높은 곳에 올라 모래썰매를 타기도 하고, 집라인이나 행글라이더를 타고 황하를 가로질러 날기도 한다. 낙타를 타고 고요히 사막 길을 가기도 하고, 지프차를 타고 모래 언덕 사이의 가파른 길을 질주하기도 한다. 황하를 따라가는 여행이니 황하를 날아서 건너는 이색 체험을 해보기로 했다. 커다란 종이비행기처럼 생긴 행글라이더가 황하 위에 설치된 줄을 따라 미끄러져 내려가면서 강을 건너는 것이니 날아서 건넌다고 하긴 어렵고 그냥 줄에 매달려 건너는 셈이다. 양손으로 지지대를 잡고 엎드린 자세로 황하를 굽어보며 날아가는데, 진한 황톳물이 지척에서 몸을 뒤척이며 꿈틀꿈틀 흘러간다. 황하 상류에서 한 걸음에 훌쩍 건넜던 황하를 이번에는 순간에 날아서 건너가니, 번번이 자신의 꿈을 막아서는 세상을 향해 "황하를 건너려고만 하면 얼음이 강물을 막아버렸다欲渡黃河氷塞川"라고 탄식하던 이백의 〈행로난行路難〉의 시구가 무색하다.

강폭이 넓지 않은 것이 한스러울 정도로 황하 비행 도하는 순식간에 끝나버렸으므로 다른 놀거리를 찾아 사막 깊숙이 들어갔다. 먼저 사막을 건너는 배, 사막의 영혼으로 불리는 낙타를 타고 줄지어 사막길을 걸었다. 모래바람이 얼굴을 훑고 낙타가 풍기는 지린내가 곤욕스럽기는 하지만, 눈을 들어 멀리 바라보면 유려한 곡선으로 주름진 사구의 능선을 걸어가는 다른 여행자들의 낙타 행렬이 마치 옛날 비단길을 가던 대상들의 모습처럼 아름답고 쓸쓸하다. 이 고풍스러운 화폭에 일몰의 장엄함까지 보태진다면 그 감동이야 더할 나위 없을 것인데 아직은 햇볕이 쨍쨍한 한낮이다.

이번에는 지프차를 타고 햇빛 쏟아지는 사막을 질주하기로 했다. 사방으로 어지럽게 솟아 있는 사구들 사이로 난 가파른 길을 운전기사는 거침없이 달렸다. 급한 경사로와 굽어진 커브길에서도 속도를 줄이지 않고 달리는 이 지프차에서 재미를 느끼는 사람은 운전기사를 빼놓고는 아무도 없는 것 같았다. 더위와 모래바람에 지쳐서 그늘을 찾아 시원한 음료나 마시면서 해가 지기를 기다렸다. 이윽고 사막 너머로 붉은 해가 걸리고 강물에 붉은 기운이 가득한 저녁, 사람들 다

빠져나간 사막을 천천히 거닐며 달콤한 고독을 즐겼다. 사막에는 비로소 외로운 시인의 긴 그림자가 드리워졌다.

> 말 달려 가도 가도 끝없는 서쪽 하늘
> 집 떠나 달은 벌써 두 번이나 둥글어졌는데
> 오늘 밤 어디에서 잠을 잘까
> 만 리 사막에 인가의 연기 끊겼으니
> 走馬西來欲到天,　辭家見月兩回圓。
> 今夜不知何處宿,　平沙萬里絶人煙。
>
> — 잠삼岑参, 〈사막에서 쓰다磧中作〉

2. 사라진 문명 서하 왕조의 아름답고 쓸쓸한 도시
- 은천(銀川, 인촨)

사파두를 지난 황하는 중위, 오충을 지나 영하회족자치구의 성회省會인 은천 앞을 흘러서 내몽고로 간다. 황하가 지나는 강변에는 풍요로운 논밭이 펼쳐지는데, 가장 많이 심겨진 작물은 구기자이다. 비타민이 풍부해서 체력증가와 피로회복에 좋다는 구기자는 인삼, 하수오와 함께 3대 한약재로 꼽힌다. 특히 이곳 중위시에 속해 있는 중녕中寧(쭝닝)의 구기자가 유명해서 중녕구기갑천하中寧枸杞甲天下(중녕의 구기자가 천하에 으뜸이다)라고 말할 정도이다. 우리가 중녕을 지나가던 7월 말은 구기자 수확이 한창인 때여서 구기자 밭에 들어가 선홍색으로 주렁주렁 탐스럽게 열린 열매를 구경하기도 하고 바쁜 농부들의 일손을

◈ 새상호성 은천

거들기도 했다. 농부들이 나눠주는 들밥을 먹기도 하고 건조 구기자
를 헐한 가격으로 한 보따리씩 사기도 했다.

　다시 길을 떠나 영하회족자치구의 중심도시 은천에 왔다. 황하가
도시의 동쪽을 흘러가면서 비옥하고 너른 평야를 선물로 주면서 은천
은 부요한 도시가 되었다. 평야 지대를 흐르는 황하의 물줄기가 자주
흐름을 바꾸면서 도시 곳곳에 습지와 호수들이 생겨나서 변방의 호수
도시, '새상호성塞上湖城'으로 불리기도 한다. 거울같이 맑은 호수들은
도시의 미관을 한층 격조 있게 만들어준다. '밝고 아름다운 은천'을
뜻하는 '명미은천明媚銀川'이라는 말을 많이 쓰는데, 이 '명미明媚(밍메
이)'라는 중국어는 일반적으로 아름다운 여성을 수식하는 말이다. 변
방의 도시 은천을 여인처럼 아름답게 만든 것은 바로 이 호수들이다.

은천에 도착하는 날, 황하 강변으로 나갔더니 금어기禁漁期가 끝나서 많은 강태공이 낚시를 하고 있었다(통상적으로 황하는 4월부터 6월까지가 금어기다). 군복 차림의 중년 남자가 다리 밑 강변에서 투망을 하고 있어서 다리 위쪽에서 말을 걸었더니 친근하게 호의를 보인다. 마침 강물 얕은 곳에 그물을 쳐둔 것이 있으니 같이 가보자 부른다. 문제는 그곳까지 가려면 제법 깊은 물을 지나가야 하는데, 수영을 못하고 겁이 많은 나로서는 망설이지 않을 수가 없었다. 황하의 누런 강물은 수심을 헤아릴 수 없어 더욱 겁이 났는데, 그물에 걸려 있을 황하잉어를 보고 싶은 욕심에 용기를 냈다. 허벅지까지 깊어진 물을 더듬더듬 건너서 그물을 쳐둔 곳으로 갔더니 사내가 그물을 거두는데 제법 씨알이 굵은 잉어 두 마리가 걸려서 파닥거리고 있다. 불그레한 꼬리지느러미를 마구 흔드는 잉어를 사내에게서 건네받아 황하 한복판에서 그 유명한 황하잉어와 인사를 나누었다. 영하회족자치구를 흘러가는 황하 구간에서 질 좋은 잉어가 나와서 이 지역은 오래전부터 잉어양식이 발달했다고 한다. 사내는 양식이 아닌 자연산 잉어임을 거듭 강조하면서 한중 양국의 우호를 위해 선물하겠다고 한다. 여행길이지만 식당에 가져가서 요리를 부탁하면 될 테니 문제가 없을 듯하여 고맙다 인사하고 받았다.

　　우리 음식문화와는 다르게 중국에서 잉어는 다양한 요리로 만들어져서 대중들에게 친숙하다. 쪄서 먹기도 하고 튀겨 먹기도 하고 탕으로 먹기도 하는데 다양한 소스가 곁들여지니 제법 맛있는 요리가 된다. 특히 황하잉어로 만든 요리는 옛날부터 유명해서 《시경》에 등장하기도 한다. 은자가 안빈낙도의 삶을 노래한 〈오막살이衡門〉란 작품이다.

오막살이집일망정 다리 뻗고 살 수 있다네

샘물이 넘쳐흐르니 굶주림을 면할 수 있다네

어찌 물고기를 먹는데 꼭 황하의 방어라야만 할까

어찌 장가를 드는데 꼭 제나라 강씨네 딸이어야 할까

어찌 물고기를 먹는데 꼭 황하의 잉어라야만 할까

어찌 장가를 드는데 꼭 송나라 자씨네 딸이어야만 할까

衡門之下, 可以棲遲。

泌之洋洋, 可以樂飢。

豈其食魚, 必河之魴。

豈其取妻, 必齊之姜。

豈其食魚, 必河之鯉。

豈其取妻, 必宋之子。

초라한 초막에서 맑은 샘물로 배를 채우며 즐겁게 살아가는 은자의 안빈낙도의 삶을 노래한 것이다. 황하의 방어나 잉어로 만든 맛 좋은 음식을 먹어야만 행복한 인생도 아니고, 제나라 강씨 집안이나 송나라 자씨 집안의 미녀를 처로 두고 살아야만 즐거운 인생은 아니라는 것이다. 주제와는 상관없이 이 작품으로부터 황하의 잉어가 아주 옛날부터 맛 좋은 요리로 인정되어왔음을 알 수 있다. 황하에서 얻은 잉어 두 마리는 한 음식점에서 맛 좋은 일급 요리로 바뀌어 우리 일행의 식탁에 올라왔다. 잉어를 손질해서 양념을 골고루 바른 다음에 기름에 먼저 튀기고, 갖은 양념으로 만든 국물에 넣어 걸쭉해질 때까지 졸여서 만든 요리다. 양념 맛이 골고루 밴 탓에 비린내는 전혀 없는 쫀득한 육질의 잉어요리로 늦은 점심을 맛나게 즐겼다.

◈ 서하왕릉

늦은 오후에 은천의 유명한 관광지 서하왕릉西夏王陵(시샤왕링)으로 갔다. 서하西夏는 탕구트족이 세운 나라로 1038년부터 189년 동안 중국의 서북쪽인 지금의 감숙성, 영하회족자치구와 청해성의 동북부, 섬서성과 내몽고 일부 지역을 통치했다. 전기에는 송나라, 요나라와 후기에는 송나라, 금나라와 삼국정립三國鼎立의 국면을 형성했다가 1227년 몽고 제국에 멸망당했다. 은천에서 서쪽으로 27킬로미터인 하란산賀蘭山을 병풍처럼 두르고 서하 왕조의 왕릉들이 동쪽으로 광활한 은천평원銀川平原을 마주해 있다. 약 21제곱킬로미터 묘역 안에 9곳의 제왕의 능과 250여 곳의 왕족과 공신들의 배장묘陪葬墓들이 일정한 간격으로 질서 있게 포진하고 있다. 흙을 탑처럼 높다랗게 쌓아 올려서 만든 왕릉의 겉모습은 이집트의 피라미드와 비슷해서 이곳 서하 왕릉을 동방의 피라미드라고 부르기도 한다. 불쑥 솟은 왕릉 주위로는 허물어진 부속 건물들의 잔해가 흩어져 있어서 더욱 쓸쓸한 느낌을 준다.

늦은 오후, 기울어가는 햇살 속에 고요한 옛 왕국의 능원을 거닐며 서하 제국 흥망의 역사를 떠올렸다. 주변 강국의 압박 속에서도 꿋꿋하게 독립 왕국의 자존을 지키고, 권력 다툼의 내란 속에서도 다시 중흥의 꿈을 키우던 서하 제국은 막강한 몽골 제국의 말발굽을 견디지 못하고 결국 멸망하여 나라도 민족도 역사 속으로 사라지고 말았다. 오직 몇 곳의 무덤으로만 남아서 그 옛날의 영화를 희미하게 전해줄 뿐이다. 말없이 제국의 흥망을 바라봤을 하란산이 보내는 묵직한 바람을 맞으면서 나는 오래된 폐허를 찾아 옛 왕조의 몰락을 슬피 노래한 옛 시인의 노래 〈시경 · 서리黍離〉를 불렀다.

기장이 무성하게 자라 있고
피도 싹이 자라 있네
걸음걸이 맥없이 풀리고
마음속 한없이 흔들리네
나를 아는 이는 내 마음에 시름 있다 하지만
나를 모르는 이는 내게 무얼 하고 있느냐 말하네
아득한 하늘이시여!
이것은 누구 때문입니까?
彼黍離離, 彼稷之苗。
行邁靡靡, 中心搖搖。
知我者, 謂我心憂。
不知我者, 謂我何求。
悠悠蒼天, 此何人哉?

〈2권에서 계속〉